D1872892

Reimer Bull

Hett allens sien Tiet

Geschichten mank Anfang un Enn

Quickborn-Verlag

Alle Rechte, insbesondere der Vervielfältigung,
der Dramatisierung, der Verfilmung, der Tonträgeraufnahme,
des Fernsehens und des Vortrages,
auch auszugsweise, vorbehalten.

Die plattdeutsche Schreibweise
ist unverändert vom Autor übernommen worden.

ISBN 3-87651-175-5

© Copyright 1994 by Quickborn-Verlag, Hamburg
Umschlagzeichnung: Christel Hudemann-Schwartz
Gesamtherstellung: Clausen & Bosse, Leck
Der Umwelt zuliebe
auf chlorfrei gebleichtem Papier gedruckt
und nicht eingeschweißt
Printed in Germany

Geschichten sünd de Fadens,
ut de wi uns Leven knütt.

Op'n Nestrand

Wenn de lütt Oliver mit sien Lüüd över Krüüz is, denn kummt he mennigmaal to mi un fraagt:

Was sagst du dazu? Wer hat nun recht, die anderen oder ich?

Denn schall ik Schiedsmann spelen, un dat is gor nich so licht to. Güstern heff ik mi desterwegen meist mit sien Mudder vertöörnt.

Dat fung al vergangen Week mit de Geschicht vun sien Oma an. Sien Öllern weern verreist, un sien Oma hett em oppaßt. Den enen Namiddag keem he bi mi an un fröög:

Was hat das Essen mit dem Wetter zu tun?

Dat wat? fröög ik verbaast.

Wenn man seinen Teller nicht aufißt, dann gibt es kein gutes Wetter, hat meine Oma gesagt. Ich war aber satt.

Denn mußt du di nich soveel op den Teller leggen, heff ik seggt.

Sie sagt aber, ich soll groß und stark werden. Ich will aber gar nicht groß und stark werden, denn ich bin klein und plietsch.

Nanu? reep ik. Wokeen seggt dat denn?

Meine Oma.

Un denn vertell he, sien Oma harr seggt, de Teller warrt lerrig eten, anners gifft dat keen goot Wedder.

Do harr he seggt, dat kunn je wull nich angahn, denn wat is mit all anner Lüüd, dor weern je wiß jümmer en paar mank, de eten ehren Teller nich op, denn muß dat je nie nich goot Wedder geven.

Dat mutt'n di laten, harr sien Oma seggt, du büst lütt, aver plietsch. Man du schallst groot un stark warrn, also eet dien Teller lerrig!

Was sagst du dazu? sä he un keek mi gespannt an.

Verkloor dien Oma man, sä ik, de Snack, den se di vertellt hett, de hett egens ganz anners heten. Dat weer nämlich so: Wenn de Kööksch sehn hett, allens is opeten, all Schötteln sünd lerrig, denn hett se sik höögt un hett seggt: Na, nix mehr op den Disch? So fein hett dat smeckt? Denn gifft dat morgen ok wat Goots wedder.

Was Gutes wieder?

Jo, so heet dat egens.

Das erklär' ich ihr, sä he, aber erst wenn sie Schokoladenpudding gemacht hat, den leck ich nämlich immer restlos auf. Und dann sag ich: Gifft dat morgen wat Goots wedder? Toll was? Du bist eine Fundgrube, grien he un huul af.

Tscha, dat leidige ›den Teller opeten‹. Wenn wi as lütt Jungs nich mehr muchen, denn hett dat jümmer heten: Nu man to. Een Löpel för Oma.

Mund op, aver daalslucken dat gung nich mehr, also keem de Kraam achter de Kusen.

Oma links.

Een Löpel för Opa.

Opa keem na rechts to parken.

Een för Tante Frieda.

De keem wedder na links.

Een för Onkel Theo.

Na rechts.

Nu worr dat bilüttens eng.

Een för Papa.

De keem al op de Tung to balanceren.

Un denn weer't ut.

Ich muß mal! reep ik denn jümmer.

Un Mudder sä: Gah rut! Aver opeten warrt!

Den enen Dag heff ik den Weg na de Toilette nich mehr schafft, dat Eten wörg mi, ik reet dat Finster op un speeg allens rut. Nu wahnen wi in' ersten Stock, un as de Kraam ünnen vör de Huusdöör ankeem, stunn dor jüst Peter Post un steek uns Breven in den Kasten. Un all de Löpel för Oma, Opa, Tante Frieda un Onkel Theo lannen vör Peter sien Fööt: Swattsuur mit Klümp.

Aver ik wull je vun Oliver sien Mudder vertellen un dat wi uns meist en beten vertöörnt hebbt. Dat weer güstern, se harrn mi to Avendbroot inlaadt, wieldat ik je ok en lütt beten ehren Oliver oppaßt harr. He seet mit an' Disch. Na'n Tiet sä he: Ich bin satt. Darf ich aufstehen? Dat is je al wat, wenn en Göör hüüt sowat noch fragen deit. Man sien Mudder keek op sien Teller un sä: Viele Kinder würden froh sein, wenn sie die Scheibe Brot zu essen hätten, die du da liegen läßt. Diese Kinder verhungern. He stöhn: Ich sterbe aber auch, wenn ich das noch essen soll. Ich platze!

Dorbi keek he sien Mudder an, as worr he spikeleren, wannehr se platzen worr, denn sien Mudder, de is en schiere un dralle Fruu. Man se sä knapp un liesen: Iß jetzt und schäme dich!

Do hett he mi ankeken, as wull he wedder fragen: Was sagst du dazu?

Un do heff ik seggt, un dat weer wull verkehrt: Nu man to, Oliver, heff ik seggt, een Löpel för Ali, een för Sirikit un een för Achmed, denn büst du dor mit dörch.

Sien Mudder hett mi so scharp un fuchtig angluupscht, mi bleev meist dat Eten in' Hals steken. Aver daalslucken muß ik je, denn opeten warrt.

Harr dat ool Frollein Ibs nich de Hannen övern Kopp tohoopslagen un to den lütten Jung seggt: Was? Du hast noch nichts für deine Mutti zum Muttertag? Aber, aber...! un harr de Lütt nich twee Stunnen later sien Mudder süfzen höört: Rundstücken köönt wi uns för't eerst nich mehr leisten! un harr sien Oma nich antert: Denn slaapt man Rundstücken, kaamt ok wedder beter Tieden! harr he dat allens nich höört, denn weer ok nix passeert. Aver nu wull he je weten, wat de Snack vun Oma bedüden schull: Rundstücken slapen. Un do hett sien Mudder em dat verkloort: De keen Geld för Rundstücken hett, de mutt ehr sik in' Droom backen. Un solang Vadder keen Arbeid harr, de weer je jüst ut den Krieg na Huus kamen, solang mussen se nu ok in' Slaap backen. Kemen aver sachs ok wedder anner Tieden, wo se so richtig in de Rundstücken bieten kunnen, denn so'n Rundstück, harr se süüfzt, dat weer je doch en Delikatesse.

Süh, do wuß de Lütt, wat he sien Mudder to Mudderdag schenken wull: Rundstücken.

Wenn sien Vadder dor nich för sorgen kunn, denn muß he inspringen; un dat ool Frollein Ibs vun visavis kunn em denn ok nich mehr mit ehr ›aber, aber‹ in de Kniep bringen.

Den annern Morgen slieker he sik liesen ut' Huus un suus na de Naverhuusdöör, stutz, keek verbaast, renn na de neegst Döör, verstutz sik dor jüst so un soch ok umsünst vör de Döör vun Opa Piel un dat ool Frollein Ibs, narms stunn de Tüüt, de dor doch sunst jeedeen Morgen stunn. Tscha, wo schull he ok vun weten, to Sünndag backt de Bäckers keen Rundstücken. Do seet he op'n Proppen, kledder övern Tuun achter't Huus, reet op de Weid en paar Botterblomen af un schenk de sien Mudder.

Jüst dat harr sik nu aver ok sien groten Broder utdacht hatt, den sien Struuß weer dubbelt so groot. Un dat möök den Lütten giftig, nu worr dat wiß wedder heten, he harr den Groten dat bloots namaakt; wo he sien Mudder doch jüst maal harr wiesen wullt, wo dull leev he ehr harr. Un desterwegen sä he nu: Manchmal kriegt man auch noch am Montag etwas zum Muttertag, denn du bist ja auch am Montag noch meine Mutti. Un dorbi keek he sien Broder an as sühst mi wull.

Den annern Morgen keem he an' Kökendisch, beide Hannen in de Büx, un smuuster sien Mudder to: Rate mal, was ich für dich habe.

Ah, woans schall ik dat raden, sä se un dach an nix. Hölp mi man en beten.

Es fängt wie Delikatesse an, wull he seggen, kunn

dat Woort aver nich över de Tung bringen un sä: Eine Kessekadeli!

En wat? fröög do sien Vadder, de worr al ungedüllig, he wull in Roh fröhstücken, dat Hopphei mit de Jungs möök em kribbelig. Na ja, he weer ehr je ok siet süß Johr nich mehr wennt.

Eine Kessekadeli, anter de Lütt fix un översett em dat verdreihte Woort: Ein Leckerbissen für Mutti! Grabbel nu veer Rundstücken ut de Büxendaschen un lee ehr so zaart op den Disch, as harr he Bang, se kunnen in' letzten Momang tweigahn. Denn strahl he sien Mudder an: Zum Muttertag! Keek sien Vadder an, stolt as en Stint, as wull he seggen: Dat harrst du ok kunnt, en mutt sik dat bloots wagen!

Aver do harr de em ok al vör't Brett: Wo hest du de her? fröög he scharp.

Ich hab' sie im Schlaf gebacken! reep de Lütt un plinköög sien Mudder to, se schull dor man gau vör sorgen, dat Vadder dat Fragen instell, anners worr dat op dat verkehrt Enn op rutlopen.

Dat mutt sien Mudder wull ok dacht hebben, denn as de Vadder nu stantepee weten wull, wo de Rundstücken herkemen, do nehm se den Lütten miteens in de Arms un sä: Hest dien spaart Groschens utgeven? Ah, wat büst du doch för'n Söten! So'n schöön Geschenk heff ik je noch nie nich to Mudderdag kregen!

Dat kroop nu den Groten, vun sien Botterblomen harr sien Mudder nich soveel Weeswark vun maakt. Un he dach: Wenn en an' Mandag noch wat to Mudderdag schenken kann, denn geiht dat ok noch an Dingsdag.

Den annern Morgen stell he en grote Tüüt mit Rundstücken merrn op den Kökendisch un sä meisto bilöpig: För jeedeen twee! So wichtig weer he sik un höög sik op Mudder ehr Loff. Man de keem gor nich dorto, wat to seggen, denn de lütt Broder schoot vun sien Stohl hooch, de Tranen störten em in den Ogen, un he brüll: Jetzt will er schon wieder besser sein als ich, aber er ist es nicht! Er hat eine ganze Tüte geklaut, das merken die sofort! Ich hab' immer nur *eines* aus jeder Tüte genommen. Und das haben sie bis heute noch nicht 'rausgekriegt. Der ist doch doof!

Dat much je ween, aver ehr Vadder hett keen Ünnerscheed maakt, he hett ehr beid verjackelt. Tscha, so hett sik dat ool Frollein Ibs de Saak wull nich dacht hatt, aver wokeen denkt sik dor ok jümmer wat bi, wenn he to de Gören ›aber, aber‹ seggt un de Hannen övern Kopp tohoopsleit. Un denn heet dat je ok doch: En mutt sik um de Mudder nich sorgen, solang de Vadder noch leevt.

Peter Numsen schüürt sik an sien groten Jung, de is achteihn, geiht in de Lehr, wahnt noch bi de Öllern un is achter de Deerns her as de Kater achter de Katten.

All halv Johr kummt he mit en frische, schimp Peter, do klaag he uns sien Sorgen. Aver nich bloots he bringt ehr mit an't Huus, nee, se slaapt ok mehrstendeels bi uns. Ik heff em dat maal seggt, mutt dat ween, heff ik seggt, dat se hier all över Nacht blievt. Un wat antert he? Wo schall ik anners mit ehr hin, Vadder? Denn kickt he di truuschüllig an, keen beten schenant is em dat.

Un dat is man ok goot so! lach Hein Matzen. Minsch, Peter, denk maal an uns egen jungen Johren! Wat för'n Spektakel, wenn wi maal mit de Deern alleen op de Stuuv gahn wullen. In't Öllernhuus unmöögli, sowat hett sik nich schickt. Un op Reisen gahn, in't Hotel övernachen, wenn en nich verheiraadt weer, dor stunn de Kuppeleiparagraph vör. Ik weet je noch, vertell Hein, maal wull ik partout mit mien Deern op de Stuuv, do sünd wi in de neegst Lüttstadt fohrt, dörtig Kilometers wiet weg, dor hett uns keeneen kennt. Ik sehg dat lütt Hotel noch vör mi, Stadt Hamborg, linke Siet Gasthuus, rechte Siet Slachterladen. Mi bibbern al de Kneen, as wi op de Döör togungen. Man denn stunnen wi ok al vör den Thresen un de Krögersfruu.

Bitte? sä se un keek uns an.

Haben Sie ein Zimmer frei? fröög ik forsch.

Mehrere, anter se, un ik bill mi in, se hett do al wußt, wo dat op tolopen schull.

Ein Doppelzimmer! sä ik un keek ehr driest in de Ogen.

Se nück heel nett trüch un sä:

Zwei Einzelne.

Mien Deern weer meist in Amidaam fullen, so hett se sik schaamt. Ik heff noch maal en Anlop nahmen, mit dem Mute der Verzweiflung:

Ein Doppel, heff ik seggt.

Aver se sä: Dat geiht ok mit twee enkelte, oder dat geiht gor nich.

Un denn legen ok al de Slötels vör uns.

Ik kreeg mien Deern bi de Hand, un wi gungen de Krögersche na, de wies uns nu de lütten Stuven. Wieder uteneen gung dat je wull nich. Se op de en Siet vun't Hotel un ik op de anner, op de Slachtersiet. Un as de Krögersche nu mien Stuuv opsloot, do fung ik foorts dat Snuppern an.

Wat is dat? fröög ik. Wo rüükt dat hier na?

Ah, sä se, för een Nacht warrn Se dat wull utholen. Ünner de Stuuv liggt uns Rökerkamer, dat treckt so'n lütt beten dörch, aver is je doch en feinen Smack, de in de Luft liggt: Mettwuß un Schinken.

Denn gung se.
Denn worr dat Avend.
Denn worr dat Nacht.
Denn worr dat still in't Huus.
Denn gung de Döör vun mien Kamer op.
Un denn – na ja.

Un nu den annern Morgen. Jedereen wedder ut sien Stuuv to Fröhstück.

Goden Morgen, sä uns Krögersch, hebben Se fein slapen? Fangt miteens dat Snuppern an, grient un seggt: Dor mutt en je wull nich lang fragen. Wenn ut twee junge Herrings över Nacht twee rökerte Bükkels worrn sünd, denn warrt dat wull allens so ween hebben, as dat ween schull.

Jungedi, lach Hein, wi weern meist vun' Stohl sackt, so schenant weer uns dat. Un dat wullt du dien Jung allens andohn?

Tscha, gnurr Peter Numsen, so as du dat nu vertellst, will ik mi dat noch maal dörch den Kopp gahn laten.

Nee, nich dörch den Kopp, sä Hein, laat di dat man dörch dat Hart gahn. Wat seggt de anner: Wer seine Kinder liebt, läßt sie nicht die gleichen Qualen leiden, die er selbst erlitten! Günn ehr dat man!

Wokeen de ool Gaius Maecenas ween is, dat mutt de Minsch nich weten. Aver wat en Mäzen is, dat weet wi all. Ein freigebiger Gönner der Künste und Künstler. Un düsse Gaius Maecenas, de weer sotoseggen de eerst vun all Gönners, denn na em heet dat Mäzen. Gaius hett vör rund tweedusend Johren leevt un weer en römischen Ridder. Jonni Sievers aver, de leevt vundaag noch, weer Spoorkassendirekter un is ok en groten Mäzen ween. An mi!

Ik weer Student, un mien Ool harr seggt: In de Semesterferien verdeenst en beten Geld bavento. Ik heff mit Jonni Sievers snackt. Du kannst bi em op de Spoorkass arbeiden.

Ik harr dor för keen Penn Lust to, mit de Tallen kann ik nich umgahn, ik bün för de Literatur. Dat nutz aver nix, ik muß hin, muß addiern, subtrahiern, multipliziern, dividiern. Un jümmerto weern dor Fehlers mank. Do sä Jonni Sievers: Also mit dat Eenmaaleen warrt dat nix, dien Oort Reken warrt uns to düür. Wo süht dat denn mit dat ABC ut? As Literaturstudent warrst di mit de Bookstaven je utkennen. Un gung nu mit mi op den Böhn vun de Spoorkass, wies op en groten Hümpel Akten un sä: De bringst in de Reeg na dat ABC.

Dat is doch wull nich möögli, heff ik dacht, schall ik hier all de Weken mudderseelenalleen op den Böhn huken un dat merrn in' Sommer? Ik weer reinweg vertwiefelt. Man denn kreeg ik fix wat spitz: Ik seet dor würkli mudderselenalleen, keeneen vun de Spoorkassenlüüd keem rop un kontrolleer, wat ik dor maken dee. Do heff ik mi dor baven dat Leven na mien Mütz inricht.

Nu mutt en weten, ik wull na dat Studium op en Schauspeelschool gahn un Schauspeler lehrn. Un so'n School, de will je eerstmaal sehn, wat en Talent hett, se lett sik wat vörspelen. Un düsse Rullen för dat Vörspelen, de wull ik nu op den Böhn vun de Sparkass inöven. So deel ik mi de Arbeid umschichtig in: en halve Stunn för dat ABC un de Ordners, de anner halve Stunn för Romeo, Hamlet un Macbeth vun Shakespeare. Un dat leep allerbest: Bookstaberen, Deklameren.

Den enen Dag nu kreeg ik mi den groten Monolog vun Shakespeare sien Macbeth vör, wo he sik inbilden deit, he süht en Dolch vör sik, allens vull vun Bloot. Un dor gruugt em vör. Ik harr mi dor so richtig rindacht, sehg den Dolch vör mi un fung mit bevern Stimm an: Ist das ein Dolch, was ich vor mir erblicke, der Griff mir zugekehrt?

Man denn schoot ik in' Dutt, achter mi sä en: Wat du vör di sühst, dat weet ik nich, man wat ik vör mi sehg, dat weet ik: eine Katastrophe für die Sparkasse.

Jonni Sievers! Ik stunn as annagelt. Un denn muß ik em allens verkloren.

Oh, mien Jung, sä he, wat wullt du bi uns op de Kass!

'n beten Geld toverdenen, sä ik.

Tscha, uns Geld! süüfz he. Aver för wat geevt wi dat hier ut!

Ik will de Theaterböker ok wegpacken, sä ik un mutt dat je wull so truurig seggt hebben, he keek mi nu ok meist bedröövt an, lang sik een vun de Aktenordners her, blöder dor in un sä: Bit ›F‹ büst du kamen? Dat is nich jüst veel. Aver gegen Hamlet un Macbeth kummt so'n Ordner je nich gegenan. Dat kann ik insehn. Denn süüfz he nochmaal un sä liesen: De Hälft vun dat ABC, de mußt du schaffen. Dor kriggst du denn ok de Hälft vun dien Gehalt för. De anner Hälft, de laat ik as Spende för Kunst op'n Böhn lopen. Un nu sorteer un ööv man schöön. Denn gung he de Trepp daal un is nie wedder rop kamen. Jonni Sievers – mien Gaius Maecenas.

Wat seggt de olen Lateiners? De gustibus non est disputandum. Över den Gesmack schall en nich strieden, de en mach düt, de anner dat. Harr ik dat man as junge Lehrer al begrepen hatt, denn harr ik den Lehrplan foorts an de Kant leggt, denn dor stunn, wi schulln de Gören nich bloots dat Lesen, Schrieven un Reken bibringen, nee, wi schulln ehr ok den richtigen Gesmack bibögen. Den Gesmack för dat, wat schöön is, wat fein utsüht bi Möbels, Teppiche, Tellers, Tassen un Vasen. Künstlerische Geschmackserziehung im Alltag. So hett dat heten.

Un so sä ik den enen Dag to mien Klass: Morgen besuchen wir ein weltberühmtes Studio für Gläser, Vasen und Geschirr. Wir wollen lernen, was es heißt: Moderne Gestaltung von Haushaltsgegenständen.

Dunnerwedder ja! Dat wullen se je all weten. Wi also hin na dat Studio. Jung, wat möken de Lütten ut de foffte Volksschoolklass för Ogen. Sowat harrn se bitherto noch nich sehn hatt! Tellers mit abstrakte Billers opmaalt; veereckige Tassen un Vasen, de sehgen ut as Plastiken. Aver ik mark foorts, se muchen dat nich lieden. Nee, sän se, dat weern je doch keen Billers dor op de Tellers, dor harrn se sülm veel smukkere, mit en Hehn un en Hahn op, un wenn en lang noog de Grütt weglöpeln worr, dennso keem pö à pö en helen Höhnerhoff vördag. Un so'n Vaas? Baven mit en tackerigen Rand? De sehg je ut as en tweibroken Buddel. Denn schull ik man maal ehr Tellers, Tassen un Vasen sehn, de bi ehr to Huus stunnen, de schull ik mi man lever ansehen, aver doch nich sowat as düt hier in dat Studio!

Süh, un do heff ik seggt: Na schön, dann bringt ihr morgen eure Lieblingsteller, -tassen und -vasen mit in die Schule! Un heff nich ahnt, wat op mi tokamen schull.

Den annern Morgen, ik stüür op de School to, kummt mi de Huusmeister al füünsch in de Mööt. Wat hebben Se sik dorbi dacht! blaff he mi an.

Dacht? fröög ik verwunnert. Bi wat heff ik mi wat dacht?

Eeenmal un nich wedder! flöök he. Kieken Se sik Ehr Klass maal an!

Ik suus den Gang daal, reet de Klassendöör op un bleev as annagelt stahn. Wat ik dor sehg, dat weer keen Klass mehr, dat weer en Speditionslager. Allens vull vun Kistens, Schacheln, Paketen, Holtwull un knüllte Papieren; de Dischen vullpackt mit Tellers, Tassen, Vasen. Un achter de Dischen seten de Gören, strahlen mi an un wiesen mi nu ehr Smuckstücken: Tellers mit Alpenlandschaft, Seestücken un Seilscheep, Tassen mit Fasans un anner Vagels.

Man denn keem de lütt Reiner. Sien Ogen lüchen, so stolt weer he.

Unser bestes Stück! sä he un wies op en groten Hirsch vun Porzellan. De stunn op de Achterfööt, sotoseggen merrn in' Sprung, un baven, wo dat Geweih seet, dor harr de Kopp en Lock, dor kunn en Blööm rinsteken.

Mutti hat ihn mir erst gar nicht mitgeben wollen, sä he, wir haben ihn nämlich schon von Oma geerbt.

De hele Klass stunn um den Hirsch un staun dat Kunstwark andächtig an.

Mutti sagt, solche Vase gibt es nicht noch einmal, sä de Lütt, keek mi vull Vertruun an un fröög: Und die ist doch nun wirklich schön?

Tscha, wat schull ik do seggen?

Siet den Dag weet ik, wenn dor en kummt un fangt dat Prestern an, he weet nipp un nau, wat schöön, wat fein, wat richtig is un wat verkehrt, denn denk ik an den lütten Reiner sien Hirsch un denk: Schöön? För wen?

Jede Wind hett sien Gegenwind

Annerletzt hebbt wi dorum snackt: Wat is Glück?

Glück, sä Hermann Öhlerich, dat sünd süß Richtige in' Lotto.

Nee, dat is keen Glück, anter Korl Denker, dat is Tofall. Glück, dat is...

Aver denn fung Korl dat Stamern an, keek verbaast, as worr he sik wunnern, wat he dat nich op'n Stutz seggen kunn.

Tscha, wat is Glück? süüfz he.

Do meen Peter Timm: Glück is, wenn twee, Mann un Fruu, so goot tohoop passen doot, dat de en den annern al gor nich mehr marken deit; se stöört sik nich; allens paßt; Harmonie.

Na, grien Hermann Öhlerich, wenn dat Glück ween schall, dennso bün ik mit mien Ohrensessel glücklich: paßt, kann ik kommodig in sitten, stöört mi nich, anners keem he ruut.

Denn weet wi nu je Bescheed, lach Hein Matzen, aver laat uns dat Thema man lever fallen laten, en

schall sik in sowat nich rindenken, denn wokeen hett al so'n schöön' Sessel tohuus stahn!
Denn hebbt wi dor ok nich wieder um snackt.

Man nu ik hier in mien Ferienhotel sitt un jeden Avend de Fruu mit den Slötel un den Mann mit de Zeitung tokiek, fallt mi Peter sien Snack vun't Glück wedder in: Denn wenn dat na Peter sien Menen geiht, denn sünd de beiden dor en glücklich Paar.

Se un he, knapp över de fofftig, jeden Avend, Klock halvi söven, kaamt se in den Saal, wo wi uns Eten kriegt. Se mit den Slötel in de Hand, he mit de Zeitung, sett sik an ehren Disch, töövt op den Kellner. Halbpension.

Sodra se sitt, fangt he dat Lesen an, se kickt eerst noch en beten in de Runn, wat dor niege Gesichter mank de Gäst sünd, denn aver, wenn dor nix mehr to kieken is, fangt se an un maalt mit den Slötel Figuren op dat Dischdook.

Wenn de Kellner mit de Spieskort kümmt, fahrt se gau mit de flache Hand över de Deek un will de Streken wegmaken, wat aver je nich geiht.

Denn leest se ehren Mann vör, wat dat to eten gifft; hett se dat faat, wo he Aptiet op hett, lett he dat Blatt en Stück sacken un nickt ehr över den Rand to. So maakt se dat elkeen Avend.

Ünnert Eten schall en nich snacken, dat doot se ok nich. Af un an kickt he maal op, nickt na dat Saltfatt röver, wenn dat op ehr Siet steiht, denn schufft se em dat hin. Oder se kickt op, nickt na dat Saltfatt röver, wenn dat bi em steiht, denn schufft he ehr dat hin.

Wenn se mit dat Eten trech sünd, denn sitt se noch en Wiel. Se bekickt noch maal de annern Gäst, wat de op ehren Teller hebbt; he kriggt sik dat Blatt wedder her. Mitünner blarrt dor ok en lütt Göör, denn kiekt all Lüüd na de Öllern. Ok he schufft denn sien Brill hooch un söcht, wo de Larm herkummt. Denn kickt he sien Fruu an, schüttkoppt, lett de Brill wedder sacken un leest.

Nu duurt dat nich mehr lang, se steiht op, nimmt ehren Slötel, geiht op de Stuuv. He sitt noch en halvstunnstiet, drinkt en Beer, denn folgt he ehr.

Süß Daag geiht dat nu so, keen Larm, keen Striet, süht allens harmonisch ut, aver nich jüst glücklich.

All sien Daag hett Helle Dunker bi uns bloots Helle ›Mien‹ heten, denn he harr sik in dat besitzanzeigende Fürwort ›mien‹ verkeken. Wo heet dat so schöön in' Duden: Mein, dein, sein, unser, euer, ihr zeigen den Besitz an und stehen für den Besitzer. Un siet Helle Dunker Besitzer vun en egen Büro, Vörzimmer un en Sekretärin weer, he weer Verkaufsdirektor worrn, siet de Tiet keem he vun dat besitzanzeigende Fürwort ›mien‹ gor nich mehr daal. Wovun he ok snacken dee, jümmer gung dat bi em na de Melodie: mien Vörzimmer, mien Sekretärin, mien Umsatz, mien Lüüd, mien Firma. Dorbi weer dat Willem Hansen sien Firma, weern sien Lüüd, un Fruu Meier, de Sekretärin, de höör de Firma to un nich Helle. Aver Willem hett wull dacht, laat em ruhig mein un dein verwesseln, den Umsatz schaadt dat nich.

So harr dat Leven för Helle wiedergahn kunnt, wenn Willem Hansen den enen Dag nich seggt harr, he wull en nieget Bürohuus buun, dat ole weer to eng worrn, un in dat niege Huus dor schull dat keen enkelte Bürostuven mehr geven, keen Baven un Ünnen, se seten je doch all in een Boot, un so schullen se nu ok alltohopen in een Büro sitten: Großraumbüro. Dat weer sotoseggen de architektonische Utdruck för Gemeinschaft un demokratische Transparenz. He sülm allerdings worr in so'n lütt Karbäuschen an'

Rand vun dat Großraumbüro sitten, mit de Finsters na sien Lüüd, so kunn he ehr all jümmerto sehn, vun wegen de Transparenz, un se kunnen trüchkieken, vun wegen de Demokratie.

As dat niege Huus fardig weer, do huuk Helle merrn in dat Großraumbüro. Disch an Disch mit Fru Meier. Wo kunn he nu noch to sien Lüüd seggen: Geven Se de Ünnerlagen bi mien Sekretärin af! Oder töven Se in mien Vörzimmer! Se seet em je visavis. Un as he ehr bekeek, do keem se em miteens frömd vör, un he harr dat Gefühl, hier in den groten Saal worr se recht wat kiebiger kieken. Do dach he: Töven laten, Afstand holen, dat geiht in de Grütt un de Respekt ok.

En paar Weken later fung he an un stell Planten rund um sik op, Philodendron un Palmen, de en grötter as de annere. Achter de seet he nu, un wenn dor en keem un wull em snacken, denn dee he, as harr he em nich sehn hatt, un leet sik vun Fruu Meier beden; de hoost liesen un fluster: Herr Dunker, dörv ik maal stören? Herr Peters steiht bi mi. Dat gefull em al beter. Aver sowat as en vun sien Lüüd maal basch dörch dat Telefon rankummanderen: Kamen Se in mien Büro! Foorts! sowat leet sik nich op Palmen un Philodendron överdregen. He kunn je doch nich ropen: Kamen Se achter mien Palmen! Aver foorts!

Man den enen Dag, do hett he en Pinnwand bruukt, un as he de dor blangen sien Schrievdisch stahn süht, do hett he den Infall, se kunn jüst so goot vör sien Schrievdisch stahn, un seggt to Fruu Meier, he mutt de Wand bruken. Un stellt ehr mank ehren un sien Schrievdisch. Un as se dor steiht, do spöört he, wo ut Fruu Meier achter de Wand wedder en Sekretärin warrt. Dat höögt em so, he stickt ehr de Tung ruut. Dat hett se aver je nich sehn kunnt.

Dree Daag hett se dor stahn, de Wand, un harr dor wull ok noch länger stahn, wenn Ottje Clausen nich ween weer. De keem an' drüdden Dag ansusen un reep al vun wieden: Is Herr Dunker dor? He kunn em je achter de Wand nich sitten sehn. Do lang sik Fruu Meier dat Telefon her, tipp de Nummer vun Helle in, un as de achter de Wand den Hörer afnimmt, do seggt se: Herr Clausen läßt fragen, ob Sie zu sprechen sind? Un Helle, selig as in fröher Tieden, antert: Ich lasse bitten. Do kickt Fru Meier Ottje an un seggt: Herr Dunker erwartet Sie hinter seiner Pinnwand. Steiht op un schufft de Wand sinnig mank de Dischen ruut.

Helle worr krank. De vele Arbeid all de Johren un nu de Verlust vun dat besitzanzeigende Fürwort, dat hett allens an em tehrt. He kreeg dat mit dat Hart un muß opereert warrn. Bypass. Dat hett uns leed doon.

Aver Helle is dat mit de Operation heel goot gahn, denn siet he trüch is un sitt wedder achter sien Philodendron un Palmen, vertellt he uns jümmerto vun sien Bypass. Denn knööpt he sik dat Hemd op un wiest de lange Narv op de Bost. He fohrt ehr sachen mit den Finger op un daal un seggt: Hier hebbt se em insett, mien Bypass, un vun hier hebbt se de frische Ader haalt. Denn treckt he dat linke Büxenbeen hooch, krempelt de Sock daal un wiest uns de anner Narv. Dat sünd se nu, mien twee Narven, seggt he, de an't Been un de hier op mien Bost! Un so as he dat seggt, höört sik dat an, as weer de Narv dor ünnen an't Been sowat as sien Hosenbandorden un de op de Bost de Orden pour le mérite. Denn nich jedereen, süüfzt he, kriggt en Bypass, mehrstendeels bloots de, de sik oparbeiden doot. Ottje Clausen is allerdings de Menen, dat weer wull mehr sowat as en Verwundetenafteken vunwegen den Kampf um dat besitzanzeigende Fürwort.

Aver wat steiht op den echten Hosenbandorden? Hony soit, qui mal y pense. En schall nix Leges vun de Minschen denken. Wat de Minsch bruukt, dat mutt he hebben.

Peter Dohrn is de Fruu weglopen, Elli, mit Hermann Kröger. Dor hebbt wi al lang op luurt. Jümmer wenn Peter för sien Firma op Tour weer, stunn Hermann sien Auto vör Elli ehr Döör. Mennigmaal de hele Nacht lang.

Un as de en un anner Naver so is, se hebbt em dat steken.

Hest du twee Wagens? hett ener maal fraagt.

Woso dat? hett he seggt.

Na, nachts steiht en swatten vör dien Döör, du hest je doch en witten.

Do hett Peter dat inricht un hett Elli mit Hermann in flagranti andropen. Nu will se sik scheden laten. Aver dat is je ok Elli un Peter ehr Saak.

De ersten Weken, wo Elli weg weer, leep Peter mit en Flapp rum, as wenn he dootblieven schull. Jümmerto sä he: Wat schall ik noch. Ik kann ahn ehr nich leven. Sie war mein Ein und Alles.

Do is Korl Denker maal gnatzig worrn un hett seggt: Nu maak dat man nich so dull mit mein Ein und Alles, du hest op dien Touren ok nix anbrennen laten. Segg man lever: Wie ich ihr, so sie mir.

Dat much Peter nich hören. Bi em weern dat mehr so Gelegenheiten ween, sä he, nix weert, aver Elli un

Hermann, bi de harr dat je Method hatt. Se hebbt töövt, bit ik ut'n Huus weer! Un denn sä he noch: In Feld und Flur mag ein jeder schalten, doch sein Haus soll er sauber halten.

Na, hebbt wi seggt, wenn dat so is, denn hett Elli je bloots en methodischen Fehler maakt. Weer se mit Hermann achtern Knick gahn, denn weer dat je in Feld un Flur ween, un sien Auto harrn wi ok nich to sehn kregen.

Weer mi ok lever ween, hett Peter gnurrt, hett de Skatkorten op'n Disch smeten un is füünsch na Huus gahn.

Dat is veer Weken her. Nu steiht wedder en Auto vör Peter sien Huusdöör. Elli ehr is dat nich, dat höört en Bekannte vun Peter to. Se much em al jümmer lieden, he hett bitherto aver wull nich dat recht Oog för ehr hatt. Dat mutt sik ännert hebben, dat Auto steiht dor Nacht för Nacht.

Na, Peter, hebbt wi fraagt, hest du en niege funnen? Is dat nu de richtige?

Wat dat de richtige is, anter he, dat weet ik nich. De Hauptsaak, se is dor.

Na ja, hett Korl Denker do seggt, gelegentli sleit ok je en vun de Reservebank maal in.

Do is Peter wedder giftig worrn.

Dat bleev nich bi düt Auto. Na dree Maand stunn en anner dor. De Navers hebbt seggt, Peter is wedder op Probefahrt. Un hebbt dat Nummernschild studeert. De kummt vun wiederher, hebbt se sik ankeken, denn mutt he nu wull mit Anzeigen arbeiden.

Den enen Dag hebbt Elli un Hermann heiraadt. Dat hett Peter drapen. He hett dacht, Elli worr noch maal trüchkamen. Aver worum schull se dat, wo he nich eenmaal trurig ween is un sik bloots leed doon hett.

So en Geburdsdagsfier as de vun Emil Lehmann vergangen Week, so en fiert wi so gau nich wedder. Dat hele Dörp snackt dor noch vun.

Emil is tachentig worrn un is bi uns allens ween, wat en warrn kann, Börgermeister, Vörsitter vun' Gesangsvereen, vun de Jägers, Ehrenbörger un wat noch mehr! Nu is he aver doch al recht wat stökeri worrn, un desterwegen hett de Kulturutschuß seggt, se wullen em noch maal fix hoochleven laten mit Reden, Musik, Buffett un frie Drinken, denn so as dat utsüht, hebbt se meent, de fiefuntachentig kriggt he nich mehr faat.

Man Emil hett dor nix mehr vun weten wullt.

Ik töök op dat Enn, hett he seggt, dat Juchein heff ik achter mi.

Aver dat hett de Börgermeister, Hannes Kühl, em nich dörchgahn laten. Du büst Ehrenbörger, hett Hannes seggt, denn hest du ok de Plicht un mußt di ehren laten. Dat steiht de Gemeen to. Un vergeet nich, wi spendeert frie Eten un Drinken, dat kannst de Lüüd nich verdarven.

Dat hett Emil wull insehn hatt. He keem an sien Geburdsdag fein in' swatten Antoch mit Sülverkrawatt in den Dörpskroog, blangen em de ool Möller, de letzt vun sien Schoolkameraden; den harr he inlaadt, he wull dor nich so alleen sitten in de eerst Reeg, sien Fruu is je al veer Johr doot.

Un an düssen Möller hett dat ok legen, seggt de Lüüd nu, dat Emil ut dat Ruder lopen is. De Möller, dat weer je al jümmer so'n Anarchist mit en frech Muulwark ween, harr sik dor nie um scheert, dat en in't Dörp de Snuut so stellen mutt, dat de Puckel sien Freden hett, wenn sien Snuut in dat riesige Gesicht mit den Haarkranz um den groten Kopp hüüt man bloots noch en lüürlütten, infullen Mund weer.

He droog afsluuts keen Gebiß, denn he gung in all Saken jümmer noch na sien ool Architektenmotto: Keine falschen Fassaden.

Mit düssen Möller stöker Emil nu in den Festsaal. De Lüüd kemen vun ehr Stöhl hooch, de Füürwehr stunn Spalier, un op de Bühne seet en Trio ut de Kreisstadt. Dat harr Gisela Kaiser anhüürt, se harr meent, to so'n Fier höört ok Kultur.

Hermann Bordewiek vun de Jägers harr twoors to Bedenken geven, Emil worr de Kultur mit sien Ohren gor nich mehr hören könen. Uns Jagdhörners dringt beter dörch, sä he, de riet Emil noch maal hooch. Aver Gisela harr op dat Trio bestahn, un dat schull ehr noch leed doon. Denn as de dree dor baven nu dat Fiedeln anfungen, do gung de Geig dat to gau, se muß jümmer wedder en ganzen Barg vun ehr Noten utfallen laten, wenn se nich op de Streck blieven wull.

Do hett Emil sik dat Höörgerät ut dat Ohr puult, hett dat op den Schoot leggt, de Hannen övern Buuk foolt un de Ogen tomaakt. Dat harr de Fier an un för sik noch nich schaadt hatt, wenn Möller em dorbi nich tokeken un unschenant luud fraagt harr:

Wat is, Emil? Machst de Musik nich lieden?

Un Emil, ahn dat Höördings in't Ohr, bölk nu jüst so luud trüch:

Se sünd ut'n Takt.

Du meenst, se speelt verkehrt?

Total. Fraag ehr maal, wat ik ehr doon heff.

Tscha, wat weet ik, sä Möller, aver dat is je nich nett, wenn se verkehrt speelt.

Do verloor de Mann an't Cello de Contenance. Mit en gruligen Ratsch reet he den Bogen giftig över all Sieden.

Möller, de anners nich veel vun Musik wuß, keek Emil fraagwies an un meen: Weer dat nich al wedder verkehrt?

Du seggst dat, anter Emil.

Do hebbt de Lüüd dat eerstmaal dacht:

Wat is loos? Sünd de beiden dor vörn besapen?

Na dat Allegro vun de Musikers stunn Hannes Kühl op, stött Emil an, he schull sik dat Hōörgerät wedder in't Ohr steken, denn Hannes wull nu as de Börgermeister sien Reed holen.

Op de Bühne verböög he sik eerst na dat Trio, dat nück verknepen trüch, denn keek he Emil an un sä:

Mien leven Emil, nu büst du tachentig!

Dat weet ik, gnurr Emil.

Dat kunn en bit achtern in' Saal hören, un wölk fungen nu ok al dat Hucheln un Gucheln an. Aver de Börgermeister hōör dor över hin un sä:

Tachentig, dat is en schöön Öller, dat kriggt nich jeedeen vun uns faat.

Stimmt, sä Möller do mit sien gewaltigen Baß un de flapperigen Lippen. Vun uns Klass hebbt dat man twee schafft. Emil un ik.

Denn dreih he sik na den Saal um, as wull he kieken, wokeen vun uns düsse Chance hebben kunn. Hannes Kühl versoch jümmer noch, Kurs to holen.

För de Gemeen un för mi is dat en besunnere Freud, sä he, di hier gesund sitten to sehn...

Dat hest du vör fief Johr ok al seggt, brumm Emil, wullt du desülvige Reed noch maal holen? Dat kannst di sparen, ik kenn ehr noch butenkopps.

Do fungen se in' Saal luud dat Lachen an, nu weern de Lüüd sik seker, Emil un sien Möller, de harrn fix en sitten, denn wo Kööm is, geiht de Verstand in de Grütt, un Verstand harr dat je nich, wat de beiden dor dröhnen. Na ja, in Kööm versuupt mehr Lüüd as in Water, hebbt se dacht, worum nich ok Emil un sien Kolleeg.

Hannes Kühl grien nu ok un reep:

Minsch, Emil, wat wullt du? Ik heff to dien 70ten un 75ten snackt, wat schall ik di un de Lüüd noch veel anners seggen?

Do keek Emil em an un brummel:

Segg man, junge Lüüd köönt starven, ole Lüüd mööt starven.

Un denn sä he to de Musikers:

De Dood is keen Speelmann. He kummt nich mit Fiedeln.

Mein Himmel, Emil, verstutz Hannes sik, wat schaadt di?

De Saal seet nu musenstill.

Nix, sä Emil.

Denn kreeg he Möller bi de Arms, trock em hooch un sä:

Wi gaht na Huus. De olen Propheten sünd doot, un de niegen, de weet dor noch nix vun af.

Tscha, do mussen wi ohn Emil fiern. Wat bleev uns anners na. De Kraam weer je bestellt.

Wat sä mien Vadder jümmer, wenn mi dat maal nich goot gung? Hool di man an dat ole Karkenleed, sä he: Wir machen unser Kreuz und Leid nur größer durch die Traurigkeit.

Aver ik will di wat seggen, wenn de Ischias di faat hett, denn is dat nich so eenfach to mit so'n Karkenleed. Kannst di nich rippen un nich rögen, un de ›Traurigkeit‹ warrt jümmer grötter, denn dat is en harten Övergang vun Tango na Fango.

Man nu heff ik den richtigen Dokter funnen, de süht dat jüst so as mien Olen. Wenn de Seel nich in de Reeg is, seggt he, denn kannst dat vun' Ischias ok nich verlangen ween. Hest du hier Streß, hest du em ok dor. Wat de Seel nich bören kann, dat mach de Rüch nich mehr drägen.

Dorum wull he mi nu eerstmaal entspannen un lang mi en Schachel mit Zäpchen röver.

Dor nimmst du dree Stück den Dag vun, sä he, schallst maal sehn, wo sinnig du warrst. Laat den Arger man susen, denn laat de Muskeln ok den Ischias ut de Mangel. Ik sedier di.

Süh, nu nehm ik de Dinger siet acht Daag, un mi dücht, dat geiht al beter. Kunn dat sunst al maal mit vörkamen, wat ik mi wegen jeden Schiet un Dreck mit mien Fruu in de Wull kreeg, nu bün ik sediert un segg jümmer bloots: Maak dat man so, as du dat för richtig ansühst.

Mien Fruu kennt mi meist nich wedder. Güstern do weer se den ganzen Dag in' Goorn to planten. Allens gele Blomen. Ik bün nich so för Geel, un anners harr dat wull ok Arger geven. Aver wat scheert mi nu Geel! Wenn se ehr Vergnögen an Geel hett, denn laat ehr man. Vun gele Blomen is noch keeneen dootbleven, denn warr ik dat wull ok överstahn.

Un wenn ik doch gelegentli dat ole Nörgeln anfang, denn kickt mien Fruu op de Klock un seggt: Na, geiht dat mit de Wirkung vun de Zäpfchen op't Enn to? De Tiet för dat niege is ok al dor. Süh, so kaamt wi ut de Harmonie meist nich mehr ruut.

Allerdings, ik fraag mi, wat maakt wi bloots, wenn dat mit den Ischias wedder in de Reeg is, un de Zäpfchen sünd opbruukt? Schall dat denn wedder losgahn mit den Arger, de Sorgen un den Ischias? Oder hool ik mi lever foorts an den Snack vun mien Vadder: Wir manchen unser Kreuz und Leid nur größer durch die Traurigkeit? Denn so'n Snack is je doch as Fango för de Seel.

Wat hett de ool Amerikaner Murphy seggt: Wat scheev gahn kann, dat geiht jichenswenn maal scheev, denn nix is so eenfach, as dat utsüüht. Un Hermann Öhlerich seggt nu, den olen Murphy mutt dat gahn hebben as em un sien Carola mit de niege Baadstuuv. He mutt de Handwarkers in't Huus hatt hebben, seggt Hermann, anners kummt en nich op so'n Gesetz. Un denn vertell he, den enen Dag harr sien Carola seggt: Tokamen Week büst du op'n Tagung, wi hebbt al lang op en niege Baadstuuv to spaart, ik heff de Handwarkers bestellt, Mandagmorgen riet se de olen Saken ruut, an Namiddag kummt de frische Wann, dat Waschbecken, de Toilette; Dingsdag un Middeweken warrt kachelt; Dünnersdagmorgen kummt de Maler, an' Namiddag de Elektriker mit de modernen Lampen; un wenn du an' Dünnersdagavend trüch büst, denn kannst in de niege Wann stiegen, sühst keen Handwarkers mehr, keen Schiet; dat Huus is musenstill, so as du dat lieden machst!

Harr ok meist klappt, sä Hermann. Noch twee Dübels för de Lamp! reep Carola, as ik in de Döör stunn. Denn sünd wi mit allens trech. Kannst al maal kieken!

Ik gah na de Baadstuuv, de Elektriker steiht op de Ledder, Bohrmaschien övern Kopp, ik nück em to, he will trüchnücken, kummt ut dat Loot un lett de Maschien fallen. In de Wann! Un de hett en Sprung!

Tscha, süüfz Hermann, Zugabe. Kacheln af, Baadwann ruut, frische Wann installeren, Kacheln wedder anbacken. Dree Daag Larm un Schiet. De letzt weer de Klempner. Nu is allens wedder schier, sä he, ik gah.

Momang, reep ik, ehrer Se dat Huus verlaten, wüllt

wi sehn, wat ok allens sien Ordnung hett. Löppt dat Water?

Woso schull dat nich lopen, sä de Klempner un dreih den Hahn vun't Waschbecken op. Sehn Se, dat löppt.

De Toilette! sä ik.

He drück.

Löppt.

De Wann!

Löppt allerbest!

Stimmt, sä ik, aver löppt nich af.

He dreih den Hahn to. Wi bekeken dat Water in de Wann.

Dat steiht, sä ik.

Tscha, brumm he, stehendes Gewässer. Dor hett de Kachler je wull den Mörtel in de Wann fallen laten, he harr dor en Folie rinleggen muß. Na ja, jeedeen Wann hett en Kachel, de schruuv ik op un hool den Schiet ruut.

He grabbel an de Wann rum, keek mi duursaam an un sä: He hett ehr vergeten. Allens to.

Un dat, wat heet dat? heff ik em fraagt.

Opstemmen, Pumpen? Ik kann't je eerstmaal mit Pumpen versöken.

Dat hett ok holpen.

Nu löppt dat rin un löppt af, sä de Klempner, ik gah.

Do keem Carola.

Schöön, dat Se noch dor sünd, reep se, könen Se den

Griff för de Duusch noch gau andübeln? Den heff ik vergeten hatt.

Null Problemo, sä de Klempner, sett den Bohrer an un drippt de Lichtleitung. Un de liggt achter de Kacheln. Zugabe. Morgen kaamt de Kacheln daal, de Elektriker kummt, de Kacheln kaamt wedder an de Wannen. Un wat denn kummt, dat weet wi noch nich. Aver wat Murphy sien Gesetz is, dat weet wi nu: Nix is so eenfach, as dat utsüht, un wat scheevgahn kann, dat geiht ok maal scheev.

Wat so'n richtigen Ober is, de is mehr as de Mann, de dat Eten an' Disch bringt un achteran mit de Reken kummt, he is de Seel vun't Lokal. Vun een so'n Ober will ik vertellen, vun Herrn Klaus in dat ole Brøndum-Hotel, baven in Skagen, an de Spitz vun Jütland.

Herr Klaus besinnt sik op sien Stammgäst, he kennt ehr mit Naam, weet, wat se eten un drinken möögt un an wat för'n Disch se opleevst sitt.

Ssollen wir wie immer eröffnen? fraagt he, wenn mien Fruu un ik bi em inkiekt.

Natüürlich, seggt wi denn, wie immer.

Denn kummt he mit twee rode Port op'n lütt Sülvertablett.
Wie immer zzwei rote Port als Aperitif. Ssehr zzum Wohle!
Skål! segg ik denn to mien Fruu.
Skål! antert se un nibbelt an den Port.
Ik schütt em daal.
Un roop as jümmer: Ah, nu heff ik em daalkippt! Ik heff em wedder mit'n Aquavit verwesselt! Dat mutt'n je korrigeren. Herr Klaus! En tweten!
Een Aperitif heet dat, seggt mien Fruu denn, un nich twee.
Aver Herr Klaus steiht al mit den tweten Port an' Disch.
Ich habe leider schon eingeschenkt, seggt he denn to mien Fruu, man kann es nicht mehr anbieten, aber es ist ein bißchen schade, es wegzutun.
Un stellt mi dat Glas op den Disch.
Un mien Fruu süüfzt denn as jümmer: Dor hebbt sik twee funnen!

Wenn ik aver alleen in Skagen bün, schriev dor mien Geschichten un gah an' Avend na Brøndum, denn kummt Herr Klaus un fraagt:
Ssind Sie ohne Ihre Frau?
Ja, segg ik.
Sssollen wir wieder ein Buch schreiben?
So is dat.

Ja, dann muß man auch allein ssein un mit die Personen in die Geschichten leben. Aber nu ssoll ich fragen: Ssollen wir eröffnen wie immer?

Wie immer, Herr Klaus.

Süh, un denn kummt he mit dat lütt Sülvertablett un twee rode Poort.

Es ist immer ein bißchen traurig, allein zzu ssein. Sso ssollen wir jetzt an Ihre Frau denken.

Un stellt dat eerst Glas roden Port mi visavis op den Disch, wo jümmer mien Fruu sitt, stellt dat tweet Glas vör mi hin un seggt:

Sso ist es wie immer. Ein Glas für jeden, aber faktisch wie immer zzwei für Sie!

Den enen Dag seet ik bi em un harr mi en Rumpsteak mit Arfen un Woddeln bestellt. Miteens beet ik op sowat as en Steen, een vun de Arfen.

Autsch! reep ik.

Foorts keem he an' Disch suust.

Ist etwas passiert?

Ik leet de lütt Arf op den Teller klötern.

De is ut Steen.

He reet de Ogen op.

Das ist nicht korrekt! Wir ssollen alles ssofort in die Küche tun!

He rüüm dat Eten af, broch dat na de Köök un keem mit en dubbelten Aquavit op dat Sülvertablett wedder.

Von die Küche. Gegen die Smerzen. Wir ssollen sie ein bißchen betäuben.

Ik kipp den Snaps daal un süüfz:

Ah, dat deit goot! Geiht al beter. Velen Dank an de Köök. Dor kann ik mi an gewöhnen.

Ja, das ssoll ich denken, grien he un plinköög mi to, darum hab' ich die Erbse auch wieder mitgebracht.

As mien Tiet aflopen weer, do seet ik den letzten Avend bi em un wull em maal för all sien Möög op däänsch seggen: Danke für alles.

Wo dat op däänsch heten deit, dat harr ik je mennigmaal op de Graffsteens leest: Tak for alt.

Un so sä ik denn: Lieber Herr Klaus, ich will es Ihnen in Ihrer Muttersprache sagen: Von Herzen tak for alt!

Do keek he mi so leev un fründlich an, as he man kunn, un sä: Ich ssoll schon denken, wie Ssie es meinen, aber eigentlich ist es mehr für Tote. Und ich ssoll doch noch ein bißchen leben.

Tscha, dat schall he, mien Ober Herr Klaus! Dat gah em goot op siene olen Dage!

Een Minsch leevt,
de anner warrt bloots öller

Dat harr ik mi denken kunnt, dat se mi de Festschrift för dat Jubliäum opdrückt:

Zehn Jahre Residenz.

De Direkter hett to mi seggt: Als alter Schulmeister sind Sie doch des Wortes mächtig und werden die eine und andere Pointe zu setzen wissen.

Dat seggt he so. Ik wahn hier vun' eersten Dag an. Passeert nich veel in uns Residenz. Sünd allens ruhige Lüüd, hebbt sik hier för ehr Öller inkofft oder inmeedt.

Wi wüllt uns Roh.

Bitherto weet ik bloots dat Motto för de Festschrift. Eichendorff:

> Glückselig der Mensch,
> Der häuslich bleiben kann
> Recht warm an seinem Herde,
> Und macht ihm nichts Beschwerde.

Wi hebbt en Dack övern Kopp un kriegt uns Eten. Un sünd wi malins opbruukt, denn warrt för uns letzten Daag sorgt. So as se momentan för de Fruu blangen mi sorgt. De höört jümmerto Lüüd singen. Dor singt aver nüms. Dat kummt vun de Tabletten; medikamentös ausgelöste Halluzinationen, hett de Dokter seggt. Se hett Krebs. De ool Ruge hett ehr fraagt, wat dat för'n Singen weer? Solostimm, Chor, a capella oder mit Instrumenten? Se hett em aver bloots trurig ankeken un hett seggt: Allens. Tscha, hett Ruge süüfzt, he kunn dor ok en Leed vun singen. Wenn he en Fruu in' Fluur op sik tokamen sehg, denn worr he jümmer glöven, dor kummt en junge, man denn weer't doch wedder en ool Hehn ut de Residenz. Halluzinationen. Aver he weer dor ganz froh um, um de Halluzinationen, so kreeg he doch af un to maal wat Netts to sehn.

He is en Flööz. Annerletzt is he de niege Kellnerin in't Restaurant vun baven bit ünnen mit de Ogen afgahn un hett luud seggt: Op de much en direkt noch maal rophüppen. Fruu Appel is meist de Löpel in de Supp fullen. Aber Herr Ruge: Ich bitte Sie! Beim Essen! Dat kann ok na't Eten ween, hett he grient.

Fruu Looft meent je jümmer, wenn Fruu Appel bi so'n Oort Themen to Ruge *ich bitte sie*! seggt, denn schull Ruge dat man ruhig as Opfellern verstahn, denn se mach dor noch över ween, warrt vertellt. Aver Ruge bitt nich an, un Thea Witt weet ok, worum. He hett de Tähn dor nich mehr vör, seggt se, dorum dröhnt he ok so. Se mutt dat weten, mit ehr un Ruge schall maal wat ween hebben.

Över sowat warrt bi Disch geern snackt. För de Festschrift aver döggt dat nix.

Sünd wi krank, kriegt wi dat Eten op de Stuuv brocht. In de Köök hangt en Plaan mit all uns Naams, wokeen in't Restaurant, op de Stuuv oder annerwegens itt. Wenn wi en vun de Residenzler länger Tiet nich bi Disch sehn hebbt, fraagt wi unsen Oberkellner Emilio, wat loos is, he schall maal op den Plaan nakieken. Gelegentlich kummt he trüch un seggt liesen: Gestrichen.

Dat kriegt wi veelmaals gor nich mit. De Verwaltung hett dor en fien Geföhl vör; de Doden warrt nachts afhoolt.

Drippt dat aver en vun de prominenten Residenzler, so as nu unsen Dokter Schlüter, denn snackt sik dat foorts rum. Den Dokter hebbt se all kennt. In' drüdden Stock wahn he mit sien Fruu, un in' fofften harr he en Fründin sitten. Paul Köster hett vun em jümmer bloots as ›von dem Wanderer zwischen zwei Welten‹ snackt. För sowat mutt en noch goot to Foot ween, hett he seggt. Nu is de Dokter doot. Leider storv he in de verkehrte Welt. Wi hebbt dacht, wi sünd em un de beiden Fruuns dat schüllig un hebbt em vun dat Bett in' fofften Stock na'n Fluur in' drüdden bugseert. Vun dor hebbt wi denn de Verwaltung alarmeert. Sien Fruu schall vun dat Verhältnis nix wußt hebben.

Een Week lang hett Fruu Appel vun nix as vun düssen ›pikanten‹ Doot snackt; Fruu Looft hett seggt, wenn de dat noch eenmaal satt vun vörn un achtern hebben kunn, denn worr se dor geern ok över dootblieven. Is nix för'n Festschrift.

Fruu Kolster hett foorts Omi Lau fraagt, wat se dat swatt Krüüz över den Dokter sien Kopp sehn harr, denn Omi Lau hett dat tweet Gesicht. Wenn dor en starven schall, seggt se, denn süht se tovör en swatt Krüüz över sien Kopp stahn. In' Krieg harr se ok jümmer wußt, wokeen nich lebennig ut den Keller kamen worr, över de harr se de swatten Krüzen sehn hatt. Harr se aver witt Krüzen sehn, an de is de Doot vörbigahn.

Fruu Kolster hett lang in keen Spegel mehr kieken kunnt, se weer bang, se kunn en swatt Krüüz över ehren Kopp sehn. Dat hett ehr tosett, do hett se den enen Middag to Omi Lau seggt: Wenn Sie das schwarze Kreuz über mir sehen, ich flehe Sie an, tun Sie mir eine letzte Liebe und sagen Sie, es ist weiß!

Se schull sik man keen Sorgen maken, hett Ruge do brummt, för Residenzlers geev dat sowieso bloots graue Krüzen, nich doot un nich lebennig.

Paster Andresen hett de Predigt för den doden Dokter holen. He wahnt ok in de Residenz, hett aver noch en halv Johr Deenst na. Se hebbt goot mitenanner kunnt, beid muchen se geern en to Bost nehmen. Mitünner sünd se in uns Bar so versackt, de Huusdener muß ehr na ehr Dören hölpen. Do hett de Huusdener maal seggt: Dat Se sik nich schamen, Herr Paster. Aver de hett lallt: Wat Gott natt maakt, dat maakt he ok wedder dröög. As de Huusdener den Paster aflevert harr, do hett he den Dokter fraagt, wo he em hinbringen schull, na'n drüdden oder eerst noch maal na'n fofften Stock? De Dokter hett bloots antert: Duhne Lüüd kööönt nich. Na'n drüdden!

Den annern Dag hett de Huusdener luud schimpt, de in de Residenz weern ut Schiet un Lögen tosamensett. Dat hett Papst höört un hett dor en groot Spektakel vun maakt. Dat muß he sik nich beden laten! Papst is en Dweerkopp un Griesmuul, he bruukt bloots en lüürlütt Stück Schiet vör den Müllschlucker liggen sehn, prompt röppt he de Huusdaam an, wat se al saubermaakt hett, un wenn nich, dat se denn över de Tiet is. He süht ›unfehlbar‹ allens, seggt he, dorum heet he de Papst. Sien richtigen Naam is Carstens. De Huusdener hett sik bi Papst entschülligen muß un is afmahnt worrn. He mutt nu op sien Wöör achten.

Schlüter is en grote Liek ween; ok de Residenzlers weern all dor. De Fruu vun de foffte Etage hett in de letzt Reeg seten. Daß sie sich das untersteht! hett Fruu Appel flustert. Weer de Fruu nich kamen, harr Fruu Appel flustert: Wo he jümmer to ehr kamen is, harr se eenmaal doch ok to em kamen kunnt.

De Paster weer dörch'n Wind, dat hett em wull angrepen, dat he sien doden Kumpan ünner de Eer predigen schull. He biester mit sien Wöör dörch de Geschicht vun den Dokter sien Leven un fröög na den Sinn vun uns Dagen op de Eer. Mit de Fraag kummt he en beten laat, fluster Paul Köster blangen mi, Schlüter is doot. Dat geev veel Antwoorten op düsse Fraag, sä de Paster, Gott aver harr seggt, de Sinn, dat weer de Leev. Will he nu över de foffte Etage predigen? keek Paul mi an. Un ok Andresen mutt wull miteens de Residenzlers vör sik sitten sehn hebben, he verschraak sik, keek över uns hin, sweeg, kreeg de Bibel her un lees, wat de Herr över de Leev seggt hett, harr nu dat Ritual ünner de Fööt, sä un dee, wat seggt un doon warrn mutt, sehg miteens mööd ut un sä opletzt matt: Zeugen, Gebären, Sterben, wat is de Sinn vun dat allens? De Dören gungen op, de Drägers kemen, hieven den Sarg op dat lütt Fohrgestell, wat en hüüt hett, fohren em ut de Kark, schoven de Koor andächtig övern Marktplatz, wi folgen, bögen mank Bruerie un Pastorat in de Allee na'n Karkhoff, de Wind weih sacht den Ruuch vun Hoppen un Molt över de Graffsteden, denn weer Schlüter sien letzt Fohrt baven de Eer toenn. Wi stunnen na de dree Schüffeln Eer för de Kuhl an. Paul sä: sub specie aeternitatis, so snackt he, wenn he wat een för allemaal seggen will, ünner den Gesichtspunkt vun de Ewigkeit harr Andresen den Sinn faat hatt, Zeugen, Gebären, Sterben. De Sinn vun't Leven is dat Leven. De Daag staffeert wi na de Mood ut.

Emilio hett den Truurkaffee frisch opgeten muß, denn dat worr ehr hüüt noch fehlen, hett Fru Looft schafutert, eerstan de unmöögliche Geschicht mit den Dokter, denn Andresen sien maue Predigt un nu ok noch en flauen Kaffee, dat weer toveel! Emilio, bitte neu! Aver fix! Paul Köster hett ehr begöschen wullt, doch se hett blafft: Kamen Se mi nich mit Ehr Ewigkeit! Wi sitt nu hier to Kaffee un nich in alle

Ewigkeit! Gottloff, hett Paul lacht, anners weer't ok nich utoholen.

Aver dat sünd allens de verkehrten Geschichten för en Festschrift. Ik mutt na de annern söken. Denn an un för sik sünd wi doch tofreden.

Eerstan is se uns nich opfullen, de ool Fruu, man as se jeden Dag to Middageten keem, do worrn wi ehr bilüttens gewahr. Se hoör nu ok to de Stammeters in Karsten sien Kroog. Elkeen Dag Klock twölf keem se mit en Taxi. De Fohrer holp ehr bit an ehren Disch, denn se weer do al oolt un mõör, kunn knapp mehr lopen. Liekers sehg se jümmer so ut, as wenn se vör Vergnögen strahlen dee. Sodra se seet, nück se uns to, un wi nücken trüch, sän Mahlzeit un verswunnen wedder achter uns Zeitungen, denn mehrstiets leest wi ünner't Eten.

Maal hett Frollein Lorenzen, wat uns Bedenung is, den Mann vun de Versekerung en groot Lock in dat Blatt sneden un hett seggt, nu kunn he den Löpel direktemang vun' Teller na'n Mund föhren. Na ja, se kennt em. De ool Fruu hett nie nich Zeitung leest.

Wenn aver nix loos is in't Lokal un bloots wi Stammeters dor sitt, denn leggt wi ok al maal uns Zeitungen bikant un vertellt uns wat. Korl Voß, de Mann vun de Raiffeisenkass, de hett dat jümmer mit de Krankheiten un den Dood. Vun so'n Geschichten kummt he nich weg. He hett de süßtig achter sik un is bang, dat kunn em nu ok bald drepen. Solang dat Dootblieven Mood is, süüfzt he, solang is en sik dat Leven nich seker. De Doot hett keen Kalenner, Korl Holler hett he mit 67 hoolt, aver de ool Fruu Heitmann, de al lang keen Lust mehr hett to dat Leven, de huukt dor jümmer noch mit ehr 92 Johren. Jeedeenmaal wenn de Karkenglocken to Gräffnis lüden doot, denn grummelt se: Al wedder en, de jünger is as ik. Mi hebbt se vergeten.

Uns Kröger mach so'n Geschichten nich hören. Wokeen nich oolt warrn will, seggt he, de mutt sik jung ophangen. Dat hest du verpaßt. Nu mutt dat dor op af. Wat sän de lütten Jungs in fröher Tieden: En kummt ut de Angst nich ruut, sommers gewiddert dat, un in Winter mutt en to School. Nee, dat Bangween lohnt nich! So is dat, seggt wi denn un eet wieder.

De ool Fruu aver seet dor un höör uns nipp to.

Elkeen Dag vertellt Korl Voß vun sien Fruu, vun Gerda, de is al lang krank, se hett all ehr Tähn verloren, liekers se eerst 57 is. Dat Mallöör is, se kann de drüdden Tähn nich af, de maakt ehr soveel Pien, se mutt ehr jümmer wedder ruutnehmen un bikant leggen. Nu mach se sik narms mehr sehn laten, un Korl mutt alleen gahn. Besöök kummt ok nich mehr in't Huus. Se geniert sik för ehr Utsehn. So sitt he dor mit sien Gerda un de Swiegermudder. De wahnt al siet acht Johr bi ehr, siet dat ehr Mann storven is. De Dokter meent, dat mit de Tähn, dat weer psychosomatisch, de Dochder kunn sik nich gegen de Mudder dörchsetten. Un dat is ok wull so, denn wenn Gerda mit ehr Mudder snackt, denn seggt se warraftig noch Mama. Is 57 un seggt Mama! Un Mama hett dat Seggen in't Huus. Wegbieten harr se de Oolsch schullt, seggt Korl, aver dat hett se nich kunt. Ik weet noch, den enen Dag, do heff ik seggt, in dat Seniorenheim, dor worr en lütt Wahnung frie, un wi kunnen de kriegen; denn hest du Sellschop, heff ik to de Mudder seggt, un büst jümmer fein versorgt. Do is se opstahn, is op ehr Stuuv gahn un hett sik inslaten. Mien Fruu is achter ehr her, hett kloppt, man ehr Mudder hett vun binnen bloots jümmer antert: Ik heff dat begrepen. Ik bün över. Do hett de Dochder vör de Döör bedelt un huult: Mama, du büst doch nie nich över. Du höörst doch to uns. Mama, maak op! Do hett de Mudder de

Döör opslaten un is dorbleven. Acht Johr bit hüüt un düssen Dag.

Tscha, Korl, seggt uns Kröger denn, du weeßt je, wokeen de glücklichste Minsch op de Welt ween is. De ool Adam. De hett keen Swiegermudder hatt. Nu eet man, anners warrt allens koolt.

Karsten, uns Weert, is en langen, hagern Kerl, jümmer fründlich, aver loopfuul. An' Disch gahn un en Dener maken, dat mach he nich. Wenn ik för't Lopen ween weer, seggt he, denn weer ik Breevdräger worrn. So sitt he achter sien Beerhahn un regeert vun dor den Kroog. Bloots wenn en vun uns maal nörgelt, Karsten, bi di is dat koolt, he spoort dor an, denn kummt he hooch, föhlt de Heizung un deit verwunnert: Wokeen hett de nu nich anstellt? Dorbi kickt he uns so truuschüllig an, as worr he sik sülm glöven. Gesichter kann he opsetten, as dat nödig is. Hett he en Beerdigung, denn huukt he so trurig achter den Thresen, as wenn he sülm dootblieven schull. Dat Truurgesicht, dat hett he vun sien Vadder arvt. De hett noch en egen Liekenwagen lopen hatt, mit Peer, Kutscher un Drägers, un hett mit den letzten Weg na de Kuhl ok foorts den Truurkaffee in' Kroog verkofft. De Kuhl un de Kaffee, sä he jümmer, dat is en Ensemble, dat schall en nich uteneen rieten. Un mennigmaal, wenn ut den Truurkaffee sowat as en Truurfier worrn weer, denn hett de Ool an Avend dat Geld tellt un hett vergnöögt süüfzt: Jung, wat hebbt se de Liek fein versapen!

Na so'n Vertellen hett de ool Fruu sik dat wull vörnahmen hatt, ehren egen Dodenkaffee, den schull Karsten malins utrichten.

Klock halvig een kummt uns Bookhändler to Disch. He hett dat mit de Bandschiev, dorum löppt he ok, as wenn he Eier ünner de Fööt hett. Wenn ik ut dat Loot kaam, seggt he, denn piesackt mi de Wirbelsüül so dull, ik kunn schriegen. Ik lieg dor, kann mi nich rippen, nich rögen un treck mi de Büx mit de Hark an't Bett. Dat mit de Bandschiev, dat weer irreversibel, hett de Dokter seggt, aver de Wehdaag, de weern sotoseggen fluktuierend. Wat schall dat denn heten, hett de Bookhändler fraagt. Maal bruukst du de Hark, maal nich, hett de Dokter antert.

Sodra de Bookhändler in' Kroog kummt, mutt Frollein Lorenzen nakieken, wat ok all Finster un Dören to sünd, Toch kann he nich af. Mennigmaal röppt se al, wenn he in de Döör steiht: ›allens to.‹ Dat freut em, wat se op'n Kiewiev för em is, un gifft ehr neuß en Mark Drinkgeld mehr. Na ja, dor kann en denn je ok ruhig maal ›allens to‹ för ropen.

Koolt Eten kann he nich verdrägen, keen Is, keen koolt Beer. He bestellt jümmer roden Saft, un de mutt ›handwarm‹ ween. So ordert he dat: handwarm. Thetje Thieß mutt sik bi dat Woort jümmer schüddeln. Is je ekelhaft, seggt he, höört sik an as piewarm.

Thetje hett dat Geschäft vun sien Vadder övernahmen, de weer Bahnspediteur un kutscheer vun' Bahnhoff na de Dörper un retour. Man Thetje will groot rutkamen, he fohrt nu al bit Dänemark. Dorum steiht op sien Wagens ok TTI, Thetje Thieß International.

Wenn he mit den Bookhändler an' Disch sitt, denn köönt wi dor op luurn, dat duurt nich lang, un de beiden sünd över Krüüz. So as annerletzt. Wi snacken vun uns Ferien. Thetje vertell vun Ägypten. Un as do Korl Voß den Bookhändler fröög, wo he denn ween weer, do anter de: Ik bün noch op Tour. 150 Sieden heff ik noch na. Un wies op dat Book blangen sien Teller: Thomas Mann, Joseph und seine Brüder. Dat is en Roman, sä he, un speelt ok in Ägypten, vör över tweedusend Johren. Ik nehm aver an, ik weet mehr över Land un Lüüd as mennigeen, de bloots de Pyramiden knippst hett. För em speelt sik dat Leven in de Böker af. Sowat jöökt Thetje, do hett he em maal fraagt, wenn he mit en Fruu ünner de Deek krupen wull, wat he dat ok as Lektüre afmaken worr. Dat hett den Bookhändler drapen, he is en Eenspänner. He hett

Thetje ankeken, as wull he seggen: Du hest ok man bloots bit an' Hals studeert, in dien Kopp is nix mehr rinkamen.

Un de ool Fruu seet dor un höör uns to.

Vergangen Week hebbt se bi Korl Voß in de Raiffeisenbank inbraken. Veer Daag hebbt wi dorvun snackt. Korl weer alleen in de Kaß ween, he harr an Avend noch maal Kreditakten studeren wullt. Fiefdusend Mark hebbt se mitnahmen. Is dat allens, wat hier liggt, hett een vun de Inbrekers fraagt hatt. Korl hett je wull so doottruurig ›ja‹ seggt, do hett de Inbreker em een vun de klauten Hunnertmarkschiens in de Hannen drückt un hett seggt: Nu ween man nich.

Tscha, leven un leven laten, sä de Deef, do klau he vun teihn Schaap man negen. Korl muß mit Schock na'n Dokter. He hett dat jümmer fix mit de Herzrhythmusstörungen. Steiht he ünner Streß, denn hüppt em dat Hart ut de Spoor. Is man goot, hett Hein Lüdemann seggt, de is hier de Chef vun de Provinzial, vun de Filiale, wo he mit Fruu Krause sitt, is man goot, hett he seggt, dat du ruhig Bloot wahrt hest un hest nich den Helden speelt, Alarmknoop drükken oder Widerstand. Mennigmaal is dat beter, en höllt de Snuut un deiht, wat de anner seggt, Dat is sowieso Hein sien Philosophie, mit de is he ok Filialleiter worrn. Jümmer gefällig. He kann, as he schall.

Un de ool Fruu höör uns to.

Dat gifft Daag, an de kummt en ut dat Nörgeln nich ruut. Denn sitt wi dor an uns Dischen, dibbert över dat Ooltwarrn, wat uns nich gefallt; schimpt över de jungen Lüüd, de gefallt uns mennigmaal eerst recht nich.

Kummst di je gelegentlich al vör, gnarr Korl Voß annerletzt, as in den olen Snack, wo dat heet: Ole Lüüd gaht vör, sä de Jung, do stött he sien Vadder ut de Luuk. ›Grufti‹ hett mien Enkel to mi seggt, ik weer en Grufti. Und weißt du, was dann kommt, Opa? Na, heff ik fraagt, wat kummt denn? Komposti.

Tscha, schüttkopp Hein Lüdemann, de Tieden hebbt sik ännert. As ik noch Schooljung weer, do heff ik maal to mien Tante Alma seggt, as de nich so recht ut den Sessel hoochkeem: Nur zu, Alte, ich helfe dir! Un wull ehr hoochtrecken, man ik kreeg en an'n Latz. Vunwegen Alte. Dorbi harr ik dat doch jümmer in de Romans leest: Eintrat der ehrwürdige Alte oder die Alte. Alte, heff ik dacht, dat weer sowat as en Ehrentitel. Ik heff dat eerst laterhin klook kregen, mien Böker spelen vör över hunnert Johren.

Vundaag heet dat Grufti, süüfz Korl. Aver ›der ehrwürdige Grufti‹, sowat hett noch nüms to mi seggt.

Kiek di doch de jungen Lüüd an, sä he, se töövt all op den ›ehrwürdigen Komposti‹, dat se vun em arven köönt. Hebbt jüm dat leest? Milliarden kaamt op ehr to! Milliarden! Dorför kunnen se egentlich ruhig maal ›ehrwürdig‹ seggen. Dat fallt ehr aver nich in. Se loopt um de Olen rum un hebbt Bang, de kunnen en Pund to licht warrn un geevt dat schöne Geld amenn noch sülm ut.

Wo se sik to verlaten köönt! sä Thetje Thieß. Ik heff mien Kinner seggt: De en warrt bloots öller, de anner leevt. Ik leev, un dat kost wat. Laat se man arbeiden, dat hebbt wi un uns Olen ok mußt. Ik höör dat je noch, wenn Opa unsen Vadder fröög: Na, wo geiht jüm dat? Denn anter mien Olen: Wo schall uns dat gahn, Vadder, twee Kinner in de Weeg un en an' Titt. Tscha, mien Jung, hett Opa denn lacht, de Minsch mutt de Lust böten! Hett en Daler op den Disch leggt, mehr harr he nich to verschenken, un nüms hett op mehr luurt. Wat sä he jümmer: Fröh opstahn, fröh to Bett gahn maakt oolt, riek un gesund. Ik stah nu dat halve Leven fröh op, aver riek bün ik jümmer noch nich, gnurr Thetje; kann ik mi doot över argern, wenn de Gören meent, se köönt in de Puuch liggen un töven, bit ehr allens tofallt. Op mi köönt se lang luurn. Dat best Middel, oolt to warrn, is, nich to fröh doot blieven. Un dat heff ik mi fast vörnahmen.

Süh, so sitt wi dor, snackt, eet, leest, un de ool Fruu hett uns tohöört. Sülm hett se nie nich wat vertellt. Bit op den enen Dag, wo ik to laat keem un mien Platz besett weer. För uns Stammeters gifft dat keen Reserverung, uns Kröger meent, wenn wi al weet, wat de Week över op den Disch kummt, denn mutt dor en Rest vun Spannung blieven. Seht man to, wo jüm to sitten kaamt, seggt he jümmer. So keem ik an den Disch vun de ool Fruu.

Oberstudienrätin weer se maal ween, dat weer je aver al lang her, sä se, över twintig Johr, se gung op de 87 to. Nu wahn se in't Olenhuus.

Seniorenheim, sä ik.

Sünd liekers allens ole Lüüd, lach se.

Woso se denn nich in dat Seniorenheim eten worr, fröög ik ehr.

Hier gefallt mi dat beter, sä se.

Wegen dat Eten?

Nee, wegen dat Plankton, anter se.

Ik keek ehr verbaast an.

Wegen wat?

Dat Plankton, smuster se. Se weten doch, wat Plankton is?

Ja, sä ik un begreep liekers nich, wat se meen.

In't Olenhuus is vun dat Plankton nich mehr veel to marken, sä se, dor sitt en, kaut op de Dagen rum, un wenn dat lütt beten frisch Leven dörchkaut is, denn wedderkaut wi dat ole Leven.

Dorum weer se vergnöögt, sä se, dat se noch de Knööv harr un kunn elkeen Middag ünner uns sitten, un wenn't man för een Stunn weer. Aver se kunn dor den helen Dag vun tehren, vun dat, wat se hier to hören un to sehn kreeg. Denn sä se, se freu sik, wat ik mi to ehr sett harr.

Plankton, verkloor de Bookhändler den annern Dag, as ik vun de ool Fruu vertell, ›Gesamtheit der im Wasser schwebenden Lebewesen mit geringer Eigenbewegung, getragen und fortbewegt vun der Strömung‹. Na, lach Thetje Thieß, denn weet wi je nu, wat wi sünd: Lebewesen mit geringer Eigenbewegung. Ik heff je al jümmer seggt, wi bewegt uns to wenig! Dorför hebbt wi je aver de Strömung. Schenk man noch en Beer in, Karsten, mit düsse Strömung laat ik mi an leevsten drieven. Un laat dor noch en lütte Stromschnelle tokamen, en Kloren! Dat is je doch en feine ole Madame!

Ik nehm an, mit dat Plankton, dor hett se wat anners mit meent, sä de Bookhändler.

Dat is mi eendoon, anter Thetje, mi gefallt düt an besten. Kannst ehr je maal fragen, sä he to mi, du kennst ehr nu an besten.

Ik bün dor nich mehr to kamen, ehr to fragen. Den enen Dag bleev se weg un keem ok nich wedder.

Wat is mit de ool Madame? frögen wi den Kröger.
De is krank. Se hett anropen.
Hans Lucht, de Taxifohrer, hett uns neuß vertellt, se harr em bestellen laten, för't eerst muß se dat Abonnement bi em afseggen. Dat kunn länger duurn.

En paar Weken later keem Karsten to uns an' Disch un wies uns de Anzeig in de Landeszeitung.
Dat is se, sä he, de Truurkaffee schall hier ween, bi mi.
Korl Voß stier över sien Gröönkohlteller weg op de Anzeig un sehg al wedder den Doot vör Ogen.
So staht wi all malins vun' Disch op, murmel he, un kaamt nie nich wedder.
Nu verleer di dor man nich in, gnurr Thetje Thieß, ik kann dat nich lieden, wenn en hier mit en swatt Gesicht snackt un itt toglieke Tiet, as wenn he dorför betahlt kriggt.
Mööt wi folgen? fröög Hein Lüdemann.
Folgen? Woso dat? Wi hebbt ehr je gor nich richtig kennt, sä Korl Voß.
Se hett aver je to uns Stammeters tohöört, meen de Bookhändler.
Wenn ik all Lüüd folgen schull, de blangen mi eten hebbt, denn keem ik ut dat Folgen nich mehr ruut, sä Thetje. Laat uns dat Gedenken hier man afmaken. Wi köönt je op ehr anstöten. Aver nich mit Saft! Un he nück na den Bookhändler sien Glas.

Karsten broch uns de Runn.

Wokeen seggt wat? fröög Hein Lüdemann. ›Proost‹ langt doch wull nich?

Wo hett se egens heten? wull Korl weten.

Wi keken in't Blatt. Liselotte Kröger.

Schüllt wi nu seggen: Op Liselotte Kröger? Wokeen is för mi Liselotte Kröger?

Laat uns man seggen: Op uns ole Madame! sä Thetje.

Dat hebbt wi denn ok doon.

Un seten wedder achter uns Zeitungen.

De doot is, hett betahlt

Wenn dor so'n groten Hümpel Lüüd op'n Placken steiht, all kickt se op een Steed un sünd an't Zackereren, denn geiht en dor je hin un will weten, wat loos is. So gung mi dat güstern in de Stadt. Dor harrn se en Hund överfahrt, en lütten Köter, en jungen, de leeg dor op dat Plaster, keen Wunn to sehn, keen Bloot, aver he bleev doot, dat kunn en marken.

Un de Lüüd schimpen mit de Fruu, wo de Hund tohöör, se harr em nie nich ehr lüt Dochder an de Hand geven dörvt, nee, se sülm harr em över de Krüzung an de Lien nehmen mußt. Wat dor allens harr malören kunnt, wenn de Autofahrer nich so fix reageert harr, anner Lüüd harrn to Schaden kamen kunnt. Un de Fahrer sä jümmer wedder, he harr dor nix mehr an ännern kunnt, un schimp nu ok mit de Fruu.

Man de Fruu böög sik na ehr Dochder daal, de ween, wat ehr Hund dor an de Eer leeg un starven dee, un denn sä de Fruu to de Lüüd, se harrn all recht, un wat de Buul in't Auto anlang, dat worr se richten laten, man nu schulln se man all wiedergahn, denn se un ehr Dochder, se harrn nu wat anners to doon. Do kreeg se de Lütt bi de Hand un sä: Wi wüllt em nu striekeln. Un se hebbt den lütten Köter heel sachen striekelt, wat em dat man jo nich wehdoon schull. De Deern hett ehr Mudder fraagt, wat se nich en Dokter holen wull. Dor langt de Tiet nich mehr för, hett de Mudder antert, dat kunn se sehn, so weer't beter, wenn se ehren Hund noch'n beten mit de Hand övern Kopp fohren deen. Dat hebbt se denn ok doon, un denn weer de Hund ok al doot.

Nadem is de Polizei kamen un hett allens opnahmen, den doden Hund hebbt se in' Sack steken un hebbt em neuß mitnahmen. Do sünd wi denn ok wiedergahn.

Un as ik so gung un sehg jümmer noch de Lütt mit ehr Mudder vör Ogen, wo se den Hund striekeln deen, do full mi Inge Meinert in. As de ehren Mann Gerd en Herzinfarkt kreeg, he leeg dor, japp na Luft, greep sik an de Bost un kunn nich mehr snacken, do is Inge rutlopen ut de Stuuv, is de Trepp hooch na ehr Naverslüüd un hett schregen, Gerd gung dat nich goot, wat se maal mit na em kieken worrn, ehr gruug dor alleen so vör. Do sünd de Navers na ünnen suust, man as se na Gerd kemen, do weer he al doot. Inge hett sik vun Sinnen huult, dat hett aver je nix mehr holpen. Wenn ik dat nu so bedenk, denn is de lütt Köter dor beter vun de Welt kamen.

Klopp is doot.

Güstern avend keem Korl Denker dormit an' Stammdisch, he wies uns de Anzeig in't Blatt. Wi hebbt ehr lang bekeken. Dor stunn dat: Rudolf Klopp. Sanft entschlafen.

Vör keeneen Minsch hebbt wi as Kinner mehr Bang hatt as vör em. Klopp, de Mann mit den lütten Boort ünner de Nees un den Tschako op den kahlen Kopp. De Mann mit den Revolver an de Siet; Klopp mit de Langschäfters, grootmastig gung he de Straten op un daal, he, de Gendarm in uns Lüttstadt. Klopp weer de Allmächtige, liekers de Paster jümmer noch meen, Gott alleen weer allmächtig, he worr allens sehn, hören un weten. Dat much je ween, doch Gott wahn wiet weg, Klopp aver patruleer dörch de Stadt un wull ok allens weten, hören un sehn.

Un nu is he doot.

Tweeunnegentig is he worrn, sä Korl Denker. Friede seiner Seele, hebbt se schreven.

Den warrt se nödig hebben, sä Hermann Öhlerich. Wenn Klopp op de anner Siet all de drippt, de he hier en Tort andahn hett, denn süht dat leeg ut mit sien Freden. Wat hett de Mann de Lüüd triezt! Sülm de Kinner! Maal heff ik em nich grött hatt, do bleev he stahn un reep mi:

Kennst du mich nicht?

Doch, Herr Klopp, heff ik seggt un bibbert.

Und warum grüßt du nicht?

Ich hab' Sie nicht gesehn, Herr Klopp, bitte, sä ik, ich hab' Sie nicht gesehen. Ik harr em würklich nich sehn hatt. Aver he leet mi nich lopen.

Dann grüße jetzt! sä he.

Guten Tag, Herr Klopp.

Do hett he mi den rechten Arm hoochreten un hett mi anblafft:

Weißt du nicht, wie man richtig grüßt!

Denn dörv ik wiedergahn.

Bi de neegste Gelegenheit aver hett he mien Mudder anholen un hett ehr fraagt, woso dat denn keem, wat ik nich richtig gröten kunn.

Tscha, sä Korl Denker, he weer en Achtertückschen. Sülm wenn he uns fründlich düch, he weer dat nich. Ik weet noch den enen Dag, wi maken jüst en grote Schietklumpenschlacht, uns Straat gegen de Österstraat, besmeten uns mit de dröge Eer ut de Vöörgaarns. De Straat sehg ut as en Swienstall. Do keem Klopp um de Eck. Foorts leep he root an. He kreeg mi bi de Nack un blaff mi an:

Was soll dieser Schweinkram! Wie sieht die Straße aus!

Do heff ik as ut de Pistol schaten seggt:

Schlacht bei Stalingrad, Herr Klopp. Große Übermacht! Guschi Schröder ist schon verwundet.

Un ik wies op Guschi, de harr jüst en Schietklumpen an' Kopp kregen un heel sik sien Dööz.

Er kriegt das EK I wegen Tapferkeit!

Do hett he mi looslaten, hett nix seggt un is wiedergahn.

De Russen, de vun de Österstraat, de hebbt em en Schietklumpen achterhersmeten. De hett aver leider nich drapen.

Liekers, Klopp fohr as wild rum, greep sik nu Guschi un wull em verjackeln.

Guschi verfehr sik so dull, starr Klopp an un stamer:

Das waren die Russen, Herr Klopp! Stalinorgeln. Wir müssen in Deckung!

Sowat hett Klopp toseggt. He hett de Hand an den Tschako leggt un hett seggt: Macht sie fertig!

Denn aver is he foorts na mien Mudder lopen, sä Korl, un hett ehr anwiest, de Straat muß noch düssen

Dag wedder sauber maakt warrn. Ordnung und Sauberkeit. Dor muß he op achten.

Dat hett Mudder so argert, dat he ehr seggen wull, woans se mit ehr Kinner umgahn schull, do hett se em fraagt, wat se denn wegfegen schull, den Krieg oder den Schiet?

Foorts hett he ehr hellwaak ankeken un hett fraagt, wat dat denn heten schull.

Dat heet, wat dat heet, hett se antert, harrn wi keen Krieg, harrn wi keen Schiet.

Vun den Dag an hett Klopp uns op den Kieker hatt.

Maal keem he dor överto, ik seet in den olen Köhlenschuppen an' Güterbahnhoff un harr mi heemlich en Zigarett ansteken, he wull mi griepen, ik bün utneiht un na Huus hin lopen. Do is he achter mi her. Ik stoov in't Huus, he störm mi na, kümmer sik um keen Klingeln un keen Döör. Do keem Mudder ut de Stuuv, de harr den Spektakel höört, se reet Klopp vun mi loos un fohr em an: Wat fallt Se in, kamen hier in mien Huus un gahn op den Jungen daal!

Klopp japp na Luft un fuuch: Wenn Se ehr Kinner nich an de Lien holen köönt, denn mutt de Staat dat doon!

Do is Mudder witt worrn as Kridd un hett lisen seggt: Ik maak dat al, Herr Klopp, gahn Se man. Bitte!

As he buten weer, hett se de Huusdöör achter em

toslaten un hett mi haut, bit se wenen de. Miteens hett se mi in de Arms nahmen un hett wimmert: He hett uns an de Lien.

He harr all an de Lien, sä Hermann Öhlerich. Liekers weern de Lüüd dor nich mit inverstahn, as de Engländer em na'n Krieg ruutsmeet. Dat weern je doch wilde Tieden, all de Frömden, de Flüchtlinge, de utwärtigen Soldaten, Lüüd, de en nich kennen dee, dennso weer dat je doch beter, hebbt de Lüüd dacht, wenn dor en as Klopp en Oog op harr. Denn dat Oog för dat Irreguläre, dat harr Klopp je, dat harr he ünner Bewies stellt, wenn he dat ok överdreven harr, aver nu harr he je Gelegenheit un kunn dat wedder goot maken un op de richtigen Bambusen achten. Un dorum hebbt se ok all ünnerschreven, as Klopp vun Huus to Huus gung, wat he sik doch nix toschulden kamen laten harr. Do kunn he de Uniform wedder antrecken, de weer niet.

Bi uns is he ok kamen, sä Korl Denker, aver Mudder hett seggt:

Nee, Klopp, mien Ünnerschrift kriegen Se nich.

Wat heff ik denn verbroken? hett he ehr fraagt.

Se hebbt uns Angst maakt, hett Mudder seggt, dat langt.

Do hett he Mudder lang ansehen un hett liesen seggt: Wokeen weet, wat wi noch maal för Tieden kriegen warrt.

Denn is he gahn.

Tscha, sä Korl, Klopp is doot. Wenn allerdings de Tieden wedderkaamt, denn kummt ok Klopp wedder. Dat is so wiß as de Doot.

Se weer to laat kamen, ehr Mudder weer al doot. Den tweten Slag hett se nich överstahn, sä de Dokter un broch ehr na de Dodenstuuv vun't Krankenhuus. Se leet ehr Ogen langsam över de Dode gahn, so lang harr se ehr Mudder noch nie ankieken kunnt, de harr wiß al lang seggt hatt: Deern, wat kickst du!

Later an' Dag gung se dörch de ool Wahnung. Op den Kökendisch leeg en Zeddel, ehr Mudder harr opschreven, wat se inkopen wull. Bavenan stunn: Was fehlt? Fehlt hett nie nich wat, dach se, ehr Mudder harr dat Huus in' Griff. In de Wahnstuuv bleev se vör de beiden Sessels an't Finster stahn, op den linken harr ehr Vadder jümmer seten. De weer nu ok al lang doot. Op den lütten Disch mank de Sessels stunn en Kaffeetass, de Kaffeekann noch vull. Um de Tiet mutt ehr dat drapen hebben. Wat möögt se sik vertellt hebben, wenn se hier seten? dach se. Se wull sik dor rindenken, kunn dat aver nich.

Se bekeek de annern Stuven un sehg miteens de Popp, de ool Käthe-Kruse-Popp. De seet in ehr best Kleed as jümmer mank de Wienglöös in de Vitrine. Se haal ehr vörsichtig ruut, heel ehr vör sik hin, nehm ehr in de Arms, weeg ehr, striekel ehr övert Haar, ei ehr de Backen un sung liesen: Pöppchen, Pöppchen, danze... Dorbi gung se de Stuven op un daal, bleev vör de olen Fotos stahn, ehr Mudder, ehren Vadder, se sülm as Kinnergoorndeern, Schoolkind, Studentin, un drück jümmerto de Popp an ehr Bost.

In de Köök keem se to sitten, sett de Popp vör sik op den Kökendisch un keek ehr lang an. Se höör ehr Mudder wedder swögen: De is för di, vun' Wiehnachsmann, is se nich en Smucke, se heet Pöppedeiken un is en Prinzessin. Aver se harr ehr doch sülm en Naam geven wullt. Denn sehg se sik wedder op dat Sofa sitten, in dat rode Kleed, wat Mama ehr neiht harr, un de Popp harr jüst so en kregen, so seten se dor as lütt un groot Süster, un Mama lees Märken vör. As dat Bettied weer, sett Mama de Popp in de Vitrine. So stufft dat niege Kleed nich foorts in! sä se. Siet de Tied seet de Popp veel in de Vitrine. Ik stuff ok in un mutt ok in de Vitrine, hett se do to ehr Mama seggt. Se wull je mit de Popp spelen.

Wat kunn ehr Mama schöön singen, sünnerli wenn se de Popp dorto danzen leet:

Pöppchen, Pöppchen danze,
schaßt hebben ok en Peerd!
Nee, nee, nee, seggt Pöppchen,
ik heff keen Danzen lehrt.
Pöppchen, Pöppchen danze,
schaßt hebben ok enen Mann!
Ja, ja, ja, seggt Pöppchen,
denn danz ik, wat ik kann.

Un Mama harr lacht: Wenn du groot büst, denn geihst du ok to Danzschool un bringst neuß en feinen Kavalier mit na Huus. Aver fein mutt he ween, denn wi sünd je doch en ganze feine Käthe-Kruse-Popp! Man se harr antert, se wull lever so'n Mann as ehr Papa en weer; aver den hett se gor nich recht kennt hatt, de weer al lang in' Krieg un schull de Russen opholen. Liekers, se drööm sik ehren Papa.

Un den enen Dag stunn de junge Russ vör de Döör un kummandeer, ehr Mama un se mussen ut dat Huus ruut, he wull dor nu mit sien Fruu in wahnen. Un de stunn ok al in de Döör. Do mussen se in'n Draff packen. Miteens aver kreeg de junge Russenfruu de Popp to sehn un haal ehr ut de Vitrine. Ehr Mama un se, se sünd beide witt worrn vör Bang. Do fluster Mama: Gah hin un segg, dat is dien Popp. Un se sehg sik wedder vör de Fruu stahn, mit de Arms na de Popp langen, aver de Fruu heel ehr övern Kopp un sä, dat weer nu ehr Popp. Do gung se mit ehr lütten Füüst op de Fruu daal, se wull ehr Popp hebben. Dat hett aver nix holpen, de Fruu hett ehr wat lacht. Do hett de Mann, de Russ, sien Fruu en Backs geven, hett de Popp nahmen un hett ehr de Lütt in de Hannen drückt. Do hett se wußt, so'n Mann, so en as de Russ, so'n wull se laterhin maal hebben, denn de weer as ehr Vadder en weer, de harr ehr de Popp förwiß ok wedderhaalt. Aver ehr Vadder seet in Sibirien fast un kunn nich hölpen.

Man as he wedder dor is un sitt in sien Sessel vör't Finster; un as se ut' Huus treckt, se hett nu ehr eerst Arbeidssteed, un packt ehr Saken un steiht vör de Vitrine un seggt: Mien Popp nehm ik mit! un as do ehr Mudder stamert: Laat ehr mi! do seggt ehr Vadder: Wenn Mudder dat wünschen deit, denn blifft de Popp hier! Wat wullt du dor ok hüüt noch mit? do weet se dat miteens, ehr Papa is nie nich en Russ ween, un so en Mann will se nich hebben! Un hett keen Papa un keen Mann, un keen Russ is dor, se mutt alleen ut' Huus. Sitt nu wedder in de ool Köök mit de ool Popp vör sik, nimmt ehr, stellt ehr in de Vitrine, slütt to un gifft den annern Dag Order, de hele Kraam kann verkofft warrn.

Ik schull sien Kraam oplösen, sä he, dat beten Geld, wat dor noch op de Kass liggen worr, dat kunn ik spenden, för wat ik wull, he harr keen Arven.

Ah, heff ik seggt, nu laat man nich glieks loos, du bist 62 un kannst noch steenoolt warrn!

Do hett he mi ankeeken un hett seggt:

Mit dat Ooltwarrn heff ik mi anscheten.

Veer Daag later weer Peter Martens doot.

Ik heff mit de Wöör nix anfangen kunnt. Man nu warrt mi dat ahnen. Ik lees sien Tageböker. En Kist vull vun Schoolheften. In dat eerst hett he schreven: Lieber Gott, ich bin klein, mein Herz ist rein, aber laß mich bitte größer sein. He weer de Lüttst in uns Klass un nich dat, wat en sik de Tiet ünnern Jung vörstell. Höhnerbost, spittelige Arms un Been, so stunn he op de Matt in de Turnhall. Mit Boxhandschen. Un schull gegen Söhn Schneidereit kämpfen. Denn Studienrat Bressem harr seggt, dat Leven weer Kampf, wokeen nich kämpfen kunn, muß ünnergahn. Peter gung ünner. Söhn sien Vadder weer Huusslachter, un Söhn harr ok al maal en krank Farken en för'n Kopp hauen dörvt. Dat weer foorts umsackt. Den annern Dag hett Peter to Söhn seggt, to allens kunn he sien groten Füüst nich bruken, Geigen kunn he mit so'n Fingers nich, dor weern se to groff to. Aver Söhn hett antert: En Swien fallt ok nich vun't Geigen um.

Mit de Jahren sünd Peter de olen Lüüd opfullen. För ole Lüüd muß en opstahn, muß ehr en Platz anbeden un in' Mantel hölpen. Do wull he oolt warrn un is sien Leevdag dat Bild nich mehr looswornn, he is oolt, un all hebbt se Respekt.

He geev dat Spelen in de Straten op, trock lange Büxen an, gung un snack as de Olen. De Tiet hebbt wi em för överkandidelt holen.

Man as he den enen Dag to Mathiessen, den Huusmeister vun uns School, sä: Na, mien Jung, wo geiht uns dat hüüt? un Mathiessen verwunnert fröög: Mien Jung? Wo schall ik denn mien Vadder söken? do mark he, Ooltwarrn duurt sien Tiet.

Do is he op de Arbeid daalgahn, is wat worrn, hett Respekt funnen un is liekers bang ween, maal op'n Dag kummt dor wer un is em över. Dat hett em möör maakt, he is veel krank ween un fröh in Rente gahn. Opletzt weer he Direkter vun uns Spoorkass.

In sien letzt Heft schrifft he, wo geern he jümmer in den Goarn vun Café Holste seten hett, in de Sünn mit en Tass Kaffee un de Zeitung. Wenn Lüüd vörbigahn sünd, hebbt se tuschelt, dor sitt de ool Martens, un hebbt den Hoot trocken un grött.

Un he hett trüchnückt.

Wenn he sien Kaffee utdrunken hett, denn is Frollein Lisa mit de Zigarrenkist kamen. Un nu uns Brasil, Herr Direkter? De Zigarr hett he jümmer mit en Fidibus ut Spaanholt anbrennt. En Zigarr warrt nich mit en Rietsteken in Gang sett, hett he to Frollein Lisa seggt. Dat schännt ehr ut.

Man Frollein Lisa weet nix vun Zigarren, Fidibus un Peter Martens. Kann se ok nich, dat Café Holste gifft dat siet veerdig Johr nich mehr, un de ool Bedenung Lisa Ahrens is süßtig un geiht al lang nich mehr op Arbeid. Aver den Vörgoarn hett dat geven, seggt se, un Zigarren hebbt se ok jümmer to stahn hatt, en Kist, Kutscherkruut, hett ekelhaft stunken. Wat Peter Martens maal so en Zigarr bi ehr smöökt hett, also bi besten Willen, wo schall se dat hüüt noch weten, un denn mutt he je ok noch so jung ween hebben, hett he do al smöken dörvt? Worum ik dat allens weten wull?

Wegen Peter sien letzt Woort in't Krankenhuus. Wat ok dat letzt in sien Tagebook is: Anscheten.

Sien Klavier steiht jümmer noch bi mi in de Stuuv. Tokamen Week wüllt sien Kinner dat afhalen laten. He bruukt dat nich mehr, hebbt se seggt, un ik kunn je nich spelen.

Mi warrt dat ool Ding fehlen. So as Mensing mi fehlt. Wo faken hett he dor op den lütten, swatten Hocker seten un hett mi wat vörspeelt. Sünnerlich Chopin, de Nachtstücken, de much he opleevst. Denn seet he dor, harr de Ogen to un drööm sik in de Musik rin.

Mennigmal heel he merrn in't Speel op, klapp den Deckel to, leep na sien Schallplattenschapp, trock en Platt rut un reep: Nun hören Sie einmal, wie das Stück klingt, wenn ein Genie es spielt! He leed den Finger vör de Lippen un fluster meistto andächtig: Artur Rubinstein.

Wenn dat Stück to Enn weer, stunn he op, verböög sik na den Plattenspeler un sä: Danke. As worr Rubinstein bi em in de Stuuv stahn. Drullig, heff ik dacht, aver wenn he so grote Stücken op em höllt, warum schall he nich en Dener vör em maken? Denn gung he wedder an sien Klavier un süüfz: Welten werden uns jetzt von dem Gehörten trennen!

Ik heff em geern tohöört. As he noch nich pensioneert weer, do is he Musiklehrer ween; nich an een vun uns Scholen, annerwegens, hier is he hertrocken, wieldat sien Söhn bi uns sien Arbeid hett. De is Tähndokter, sien Fruu geiht em in de Praxis tohand. För den Rest, sä Mensing, wull he noch en beten Familie um sik hebben, denn sien egen Fruu, de weer al lang doot, un anners harr he keen, mit den he mal snacken kunn.

De Jung hett em de Wahnung över mi besorgt, dree Stuven un en feine Utsicht. Vun uns Finsters kann en op den Kanal kieken, kann de Scheep sehn, de dor fohrt. Ik wahn hier al solang, as ik denken kann. Ik weet noch den Dag, as Mensing introck. Ik keem em op de Trepp in de Mööt, he dirigeer jüst de Möbelpackers, de bugseren sien Klavier na baven. Oha, heff ik dacht, nu kriggst du Konzert övern Kopp! He stell sik fix vör. Ich hoffe, sä he, es wird Sie nicht allzu sehr stören, wenn ich gelegentlich spiele? Dat löppt sik wull trecht, heff ik seggt. Wat schull ik ok anners antern.

Aver em hett dat ünnerseten, dat dor en ween kunn, de wat gegen sien Musik harr. Jümmer wenn wi uns op de Trepp oder an' Postkasten drepen, denn fröög he: Es stört Sie nach wie vor nicht? Do heff ik mal lacht un heff seggt: Nee, in' Gegendeel, ik heff mi dor so an gewöhnt, mi worr al wat fehlen. Un so weer dat ok, ik harr mi in sien Musik rinhöört. Do keem he den enen Dag un meen: Wie wäre es denn, wenn wir uns hin und wieder bei mir zum ›Konzert‹ träfen?

So hett dat anfungen. Ik bün na em rop, wi hebbt Musik hööört, oder he hett mi vörspeelt. Natüürlich hett he markt, ik verstunn dor nix vun, ik sä je bloots jümmer ›schön‹. Denn hett he vun de Komponisten, ehr Warken un vun de Lüüd, de ehr opföhren, vertellt. Dor wuß he wat vun af. Na ja, he is je ok Lehrer ween. De Kinner allerdings, de in de School, de harrn dor nich recht wat vun hören wullt, vun Chopin un Rubinstein, de harrn en annern Gesmack, muchen anner Musik un Musikers. Man vun de harr he nix kennt un harr dor ok keen Menen mehr för hatt. Es war manchmal eine Tortur, sä he, Musiklehrer.

Egens harr he gor nich Musiklehrer warrn wullt, vertell he. As junge Mann harr he sik as Konzertpianist sehn hatt, denn he harr al as Schöler Klavierkonzerten in sien Heimatstadt geven. Un dat Lokaalblatt, dat harr na jeedeen vun sien Opföhrungen schreven: In den Mauern unserer Stadt reift ein bedeutendes Talent heran. Aver he harr dat Blatt wull mit de New-York-Times verwesselt hatt, lach he, denn neuß, as he op de Musikschool Klavier studeren dee, do harr sien Lehrer em mal fraagt: Halten Sie sich für überdurchschnittlich begabt? Mensing harr em verbiestert ankeken un harr stamert: Ich weiß nicht, aber ich hoffe doch. Do harr de anner seggt: ›Ich weiß nicht. Ich hoffe doch‹, das reicht nicht. Ihnen fehlt Besessenheit. Dat harr em as de Blitz drapen, man he harr op'n Stutz wußt, dat stimm. Do is he Lehrer worrn.

Un nu, op mien olen Daag, verklookfiedelt he mi de Musik. Ik heff dor soveel Vergnögen an funnen, den enen Dag heff ik to Mensing seggt, ik wull mi nu ok en Plattenspeler kopen. Do is he opstahn, hett mi groot ankeken un hett seggt: Ein schöner Augenblick für mich. Un leet sik nich dorvun afbringen, he wull mi den Plattenspeler partout schenken.

Ik heff mi denn revancheert, ik heff em mal op'n Schipp mitnahmen, dörch den Kanal. Nee, keen Bodderdamper, en richtig Schipp, baven op de Brüch, dat harr ik mit een vun mien olen Lotsenkollegen deichselt. Dor stunn he, keek de Scheep an, de kemen op uns to, un Mensing fluster: Ein Adagio, wie sie da lautlos durch das Wasser gleiten. So is he doch mal rutkamen, denn de meist Tiet seet he in sien Stuuv; de Tähndokter un sien Fruu, de hebbt je ok ehr Arbeid hatt.

Tscha, un denn fung dat Mallöör an. Ik weet noch, ik stunn vör sien Döör un bimmel, ik schull to Kaffee un Konzert kamen. Do möök he op un sä: Heute geht es leider nicht. Un so as he dat sä, wuß ik in' Ogenblick, dor is wat passeert. Ik heff em fraagt, aver he sä bloots: Bitte, lassen Sie mich. Ein andermal. Dunnerwedder, heff ik dacht, dat is je meistto as rutsmeten. Den annern Dag keem he, ik schull em dat nasehn, he weer bi'n Dokter ween, vunwegen de Ogen un en niege Brill, man de harr em seggt, en Brill worr nich mehr hölpen, denn he worr langsaam blind warrn, nich op un daal, aver op't letzt worrn dat wull Schaddens ween, wat vun dat Sehn nableev. Un so is dat denn ok kamen.

Nu, wenn ik bi em keem, un he möök de Döör op, denn heff ik al jümmer foorts seggt: Schlichting, Herr Mensing, Schlichting. Aver he dee, as harr he dat al sülm sehn hatt. Wer denn sonst! gnurr he un wunk mi rin.

Langsaam hett dat denn ok anfungen, he worr snuddelig utsehn, dat Hemd vull vun Kaffeeplacken, de Büx schietig, un in de Kööк sehg dat mennigmal ut as in' Swienstall. He hett dat je nich sehn kunnt. Amenn bleev nix anners na, sien Kinner hebbt em en Platz in't Seniorenheim besorgt, he kunn sien Kraam nich mehr regeren.

Den Dag, ehrer he uttrock, seet he bi mi in de Stuuv, huuk op dat Sofa, keek op den Footborn, harr de Hannen foolt un sweeg.

Ik warr se besöken, sä ik. In dat Seniorenheim, dor hebben Se Sellschop, sünd nich so alleen as hier.

Ohne mein Klavier, sä he. Instrumente sind nicht erlaubt. Un keek mi mit sien lerrige Ogen an.

Keen Klavier in Se Ehr Stuuv? Geiht denn sowat? fröög ik verbaast.

He schüttkopp.

Ich werde ein lautloses Klavier bekommen. Von meinen Kindern. Zum Einzug.

Sowat heff ik ok noch nich kennt hatt; en speelt op de Tasten, un keen Toon is to hören, de Musik geiht direktemang övern Kopphörer in de Ohren vun den Pianisten.

Tscha, mein Lieber, sä Mensing, un dat schull je wull sowat ween as en Smustern, wat he dor versoch, das Leben wird inwendiger. Es hört keiner mehr zu.

Un Se Ehr ool Klavier, sä ik, wat warrt mit dat?

He tucks mit de Schullern.

Denn blifft dat bi mi stahn, sä ik, un Se kamen hierher un spelen mi vör. Nix inwendig, ik will Se doch tolustern.

So hebbt wi dat afmaakt.

Dat eerst Johr is he noch veel kamen, hett sik an sien oolt Piano sett un hett speelt. Af un an heff ik em besöcht, wi hebbt dor seten, vun düt un dat vertellt, ut' Finster keken un hebbt swegen. Dat Klavier hett fehlt. Man denn worr dat ok weniger mit de Konzerten, he weer veel krank, harr Wehdaag in de Fingers, Rheuma.

Un denn keem de Dag, do full he un brook sik den Oberschenkelhalsknaken. Se hebbt em opereert, man as he opwaak, do wull sien Kopp nich mehr mitmaken, he hett nix mehr kennt. Postoperativer Schock, so hett sien Söhn mi dat verklaart. Do bün ik na Mensing hin.

He leeg in't Bett un harr de Ogen to.

De Swester sä: Besuch für Sie, Herr Mensing.

He dreih de Kopp un plier na de Döör.

Ik sä as jümmer: Schlichting, Herr Mensing, Schlichting.

He soch, kunn aver nix finnen un sä mööd: Ja bitte?

Wüllen Se den olen Schlichting nich goden Dag seggen? sä ik.

Guten Tag, sä he.

Do hett he mi leed doon.

Kennen Se mi nich mehr, Herr Mensing, fung ik vörsichtig an. Schlichting?

Doch, sä he tögerlich.

Na also! reep ik.

Aver he sä: Schlichting mit dem einen Arm?

Ah wat! sä ik. De doch nich! De is al lang doot!

Vun Schlichting mit den een Arm harr he maal vertellt, de weer Goorner ween un harr de Gören ut de

Anlagen jaagt, wenn se dor Versteken spelen. Dunn weer Mensing teihn Johr oolt.

Nee, sä ik, ik bün de Schlichting vun' Kanal. Dat weten Se doch noch, de Scheep? ›Wie ein Adagio‹, Herr Mensing?

He keek mi lang an.

Schlichting, sä ik meistto inständig, wo Ehr Klavier steiht, dat mit den swatten Hocker un wat na buten klingt.

He prööv mien Gesicht.

Chopin, sä ik liesen, de Nachtstücken.

Chopin? murmel he.

Genau, sä ik, de Schlichting bün ik.

Do lang he mi de Hand hin un sä: Schön.

Aver wat he mi kennt hett, ik weet dat nich. Ik heff bi em seten, seggt hebbt wi nix mehr. Denn keem de Swester un sä, dat worr nu Tiet.

Ik besöök Se wedder, Herr Mensing, sä ik.

Dat heff ik nu meist twee Johr doon. Denn keem ik in sien Stuuv, in't Pflegeheim, un sä: Schlichting, Herr Mensing, Schlichting. He kreeg sik sien Handstock her, stunn op, keem op mi to, geev mi de Hand un gung wedder sitten. Ik vertell em vun buten, aver he höör dor an vörbi.

Annerletzt, as ik bi em keem, do seet he an dat inwendige Klavier, sien Fingers stökern över de Tasten, de

Kopphörer leeg an de Eer, de een un anner lüürlütt Toon keem dor rut, Mensing sien Gesicht aver drööm. As he mi wies worr, möök he sachen den Deckel vun't Klavier to, stunn op, verböög sik na mi un stell sik vör: Rubinstein.

He is nich wedder worrn; vergangen Week is Mensing storven.

Ole Straten

Wenn du oolt warrst un kummst na lange Tieden in de lütt Stadt trüch, wo du groot worrn büst, du wullt ehr noch maal sehn, denn geiht de Weg na Huus övern Karkhoff. Du geihst vun Steen to Steen, leest de Naams un sühst ehr all wedder vör di: Opa Piel, Oma Denker, Unkel Mordhorst, dat ool Frollein Ibs; wölk ok al vun dien Schoolkameraden, dat fangt nu langsam an; de Lehrers liegt dor, de Öllern, de Familie. So'n Karkhoff in de Lüttstadt is as en Geschichtenbook.

Du wannerst dörch de Straten vun dien ole Stadt, studeerst de Naams över de Geschäften, kennst ehr, man nu sünd dat all de Kinner un Enkel, de dor ehr Arbeid nagaht. Un kennst ehr nich. Niege Naams, niege Lüüd, för de de Stadt nu ehr Stadt is, un för de du en Frömden büst.

So höört en noch dorto un doch al lang nich mehr. De Stadt is vull vun niege Geschichten. Dat Vertellen höört nich op. Ik aver gah langs de olen Straten un söök de olen Geschichten.

Stah vör de Kark, de weer jümmer dat eerst, wat en vun uns Stadt to sehn kreeg. Wenn wi op uns Rööd vun' Diek na Huus strampeln, matt un mööd vun Water un Wind, denn tröööst Mudder uns: Nu köönt wi al de Kark sehn, denn sünd wi ok bald to Huus!

Ik weet noch, as ik dat eerstmaal den Karktoorn hoochkleddern dörv. Mit den Karkendener. An de groten Glocken vörbi. De Treppen worrn jümmer smaller un steiler. Bit wi baven in de Spitz stunnen.

Wat för en Blick! Över de hele Masch. Dor leeg se. Ik weet, de Masch is nich jeedeen sien Gesmack. Dat hett al Klaus Harms wußt, de berühmte Paster un Probst, de is hier 1778 op de Welt kamen un hett vun sien Heimat laterhen maal schreven: Nach dem gewöhnlichen Urteil gehört diese Gegend zu den allertraurigsten des Landes, und es ist manchmal für mich bedauert worden, daß ich in einer so schlechten Gegend aufgewachsen wäre. Aver denn seggt he: O, was wollt ihr doch mit eurer schönen Natur! Einmal: die größere Hälfte, der Himmel mit Sonne, Mond und Sternen, ist daselbst, wie ihr einräumt, ebenso schön, wie anderswo und überall; aber dann: eine solche Aussicht, nicht in ein leeres, sondern in ein volles Land, solche Äcker mit ihren Früchten, solche Weiden mit ihrem Vieh, solche Häuser und Scheunen – wo seht ihr die?

Un denn kann en vun dor baven de Geest sehn, den Kleev, un för so'n lütten Buttjer weern dat je al de Bargen. Gewaltig hooch! Un in de anner Richt blänkert de Elv un de See.

Wat sä de ool Hanshinnerk ut de Smeedstraat jümmer: Vun' Pannkoken un vun Sleswig-Holsteen is de Rand dat beste. Un dor dörv he nu wahnen. In Marn! Ah, wat'n Glück!

Aver sülm wenn en an' Rand wahnen deit, de Krieg gung ok an so'n Placken nich vörbi. Wenn de Bomberpulks över uns Köpp flogen un rundum de Flaks ballern, denn stülp Mudder uns Kaffeewarmers över de Köpp, för den Fall dor schull wat mallören, gung mit uns in den Keller daal, dor huken wi mank Weckglöös, Saftbuddeln un de brunen Kruken mit dat Inleggte, un Mudder vertell mien lütten Broder un mi Geschichten, dat wi man keen Bang hebben schullen. Bit de Sireen Entwarnung huul.

Denn susen wi ruut op de Straat un sochen Splitters. Wokeen de gröttsten funn, de gell wat. Maal weern wi so gau na de Straat störmt, wi harrn noch uns Kaffeewarmers op'n Kopp. Do gellen wi nix mehr.

In de en Nacht verloor een vun de Bombers sien Dracht över de Stadt, keen tweehunnert Meter vun uns Betten weg. He hett sik wull verirrt hatt, de Fleger, weer anschaten, wull Hööchde kriegen, hett Ballast afsmeten; un in de Bahnhoffstraat weern se mitteens doot oder legen in de Betten un schregen, ehr Slaapstuven harrn keen Wannen un keen Deken mehr.

Ik gah dörch de Klaus-Harms-Straat. Hier bün ik groot worrn. In dat Huus mit de Tall 1938 op de dree Sülen. Dat Plaster, wat dor in de Straat liggt, dat Koppsteenplaster, dat hett mien Opa plastert. He weer Tiefbauunternehmer. Un mien Broder un ik, wi hebbt em dor fix bi holpen.

As Mudder den enen Dag to Opa sä: Wannehr kriegt jüm endlich de Straat vör't Huus plastert, de Jungs dreegt soveel Schiet in't Huus, ik kaam dor mit Feudeln nich mehr gegenan! un as Opa anter: Ik heff nich noog Arbeiders! do holen wi uns Kinnerschüffeln un sän: Opa, wi gaht di to Hand! Dunner ja! reep Opa. Twee fixe Jungs, wenn dat nix versleit, denn weet ik nich, wat noch hölpen schall!

So hebbt wi uns Steens mit in de Straat sett; un ik loop över mien egen Plaster.

Dat best weer aver nich dat Plastern, dat weer dat Fröhstücken. Denn kregen wi uns Rundstücken ut de Tüüt, setten de Bruusbuddel an' Mund, as weer't en Beerbuddel. So seten wi dor mank Opa sien Arbeiders. Un wenn de Vörmann Hannes sien Piep ansteek, denn trock ik een vun Opa sien olen Zigarrenspitzen ut de Büxentasch, steek ehr mank de Lippen un blaas in de Luft, as weer ik för dull an't Smöken. Maal keem Mudder dor över to. Wat maakst du denn dor? reep se, un ik anter sinnig: So'n Plastern tehrt, denn mutt'n maal so richtig en dörchtrecken. So harr ik dat vun Hannes höört, un na den Vörmann schall en sik utrichten.

Ik weet noch all Lüüd, de op uns Eck wahnt hebbt: Opa Piel, Oma un Opa Denker, dat ool Frollein Ibs, Rechtsanwalt Engel mit sien Gören. Wenn de lütt Schmidt-Deern vun de anner Siet na ehr Mudder blarr: Mutti, Heini Engel hat mir auf den Kopf gehaun! denn löhn de Schmidtsche sik ut' Finster un grööl över de hele Straat: Hau ihm ein wieder auf sein' Dööz. Er ist auch nichts Besseres als du! Un wenn en vun de Grammatik afsüht, denn hett se dor ok recht in hatt: Dööz is Dööz.

So sehg ik ehr noch all vör mi. De Öllern sünd doot, wo de Kinner afbleven sünd, weet ik nich. Bloots Tante Ibs wahnt noch in ehr Huus, de letzt. Wenn ik ehr Stimm höör, denn is mi dat, as muß nu ok glieks mien Mudder ropen: Jüm mööt noch op de Weid un Kaninkenfudder plücken!

De Weid leeg achter uns Huus, nu staht dor Hüüs. Een vun de niegen Straten heet Rudolf-Kinau-Straße. Dat ehrt de Stadtlüüd, dat se an Rudel dacht hebbt. Se hebbt bloots nich wußt, woans he sik schrifft. Mit ›ie‹ hebbt se em op dat Schild sett; een ›i‹ harr langt, dat ›e‹ höört dor nich hin. Mach aver je ween, se kennt den Fehler un seggt: Rudel is uns dat weert, laat em een Bookstaven mehr kriegen!

Ik gah dörch de niegen Straten, kenn de Lüüd nich un nich de Kinner, de op de Straat speelt, un denk: So geiht dat, keeneen vun de hier weet, ünner dat Plaster liegt uns Geschichten.

Geld regeert de Welt! lach Paul Schütt, do verkloor he uns dat Wappen vun uns Stadt. Kiekt maal hooch, Jungs, sä he, na de Midd vun den Raathuusgevel! Wat seht jüm dor? En Mann, de övern Muur kickt. De Mann, dat schall de Hillige Matthäus ween, worum jüst de, dat weet keeneen. Aver wat sünd dat för Ringen rechts un links vun em? Tschaha, sä Schütt, op de kummt dat an! De schüllt Seedieken vörstellen. Un woso Seedieken? Na, wegen den Schutz vör't Water. Aver ik nehm an, grien he, dor stickt noch en annern Sinn achter. Denkt maal scharp na! Mit jeedeen niegen Diek keem Land; mit Land kemen Lüüd; Lüüd mööt eten, drinken, kopen, verkopen. Un wo dän se dat? Jawull! Hier! Un he wies mit den Finger op de Eer vör sien Fööt. De Dalers rullen na Marn! Un för sowat, lach he, kann en je ruhig maal en Seediek in sien Wappen opnehmen. Wi keken em unglöövsch an. Tühn he ok uns wat vör, denn bi de groten Lüüd hett he bloots Tüterpaul heten, he much ehr so geern utzen un brüden.

Na ja, sä he, jüm warrt dor ok noch achter kamen: Op de Welt un vun de Welt, kost allens Geld!

Dor hett he recht in hatt. Un dorum will ik de Geschicht vertellen, woans Unkel Schlichting vun't Raathuus uns lütten Jungs wegen Geld maal gewaltig in de Kniep brocht hett.

Korl un mi; wi weern do twölf, dörteihn Johr oolt, Fründ anenanner un grote Kasperlespelers. Fernsehn geev dat noch nich, wenn en sik vergnögen wull, denn muß en dor sülm för sorgen. So hebbt wi bi Oma in de Waschkóök för all de lütten Gören ut de Naverschap Kasperletheater speelt. Dat mutt de Lütten gewaltig mitnahmen hebben. Wenn de Vörstellung ut un de Lütten wedder buten weern, denn harrn wi jümmer een, twee, dree lütte Seen op den Footborn. Na ja, wenn so'n Krokodil vun achtern kümmt, un Kasper markt dat nich, denn kann en ok in de Büx maken vör Bangen.

Man nu den enen Dag do kregen wi na so'n Vörstellung en Breev vun't Raathuus: Steuerabteilung. Un düsse Steuerabteilung de schreev, wi harrn de Veranstaltung nich anmellt hatt, aver soveel as se to weten kregen harrn, harrn wi twintig Penn Intritt kassiert, pro Person, un desterwegen mussen wi nu ok Vergnügungsstüür betahlen, denn en Vergnögen weer dat je ween, uns Opföhrung, so as se dat höört harrn.

Un mit düssen Breev fellern se uns op, bit tokamen Dünnersdag, Klock dree, twee Mark un fofftig Penn in dat Raathuus aftolevern, Zimmer fünf, Steuerabteilung.

Jungedi, uns schoot de Schreck in de Knaken! Twee Mark un fofftig Penn? Dat weer je meist de Hälft vun dat, wat wi innahmen harrn! So kregen wi do al mit, wat wi hüüt weet, wo dull de Stüür tolangen kann. Wi keken Mudder an, aver de möök en ernsthaftig Gesicht un sä: Wat de Stadt tosteiht, dat steiht ehr to! Bedregen gifft dat nich!

Na ja, wi je hin. Zimmer fünf. Achtern Schrievdisch seet Unkel Schlichting, anners uns Naver, keek uns nu aver streng an un gnurr: Das nächstemal muß eure künstlerische Darbietung rechtzeitig angemeldet werden! Wo ist die Steuerschuld? Hier! sän wi bedrüppelt un tellen em de twee Mark un fofftig Penn op sien' Schrievdisch. He kreeg sik en Blatt Papier her, Quittung, sä he, schreev un lang uns dat Blatt hin. Danke, murmeln wi un wullen gahn. Halt! reep he do. Erst lesen, dann gehen. Auch eine Behörde muß kontrolliert werden!

Do folen wi dat Papier uteneen un lesen: Zwei Mark und fünfzig Pfennige erhalten. Diese werden aber sofort rückerstattet, denn wir haben heute: Marne, den 1. April, April, April!

Is dat nich Backens? Dat Fotogeschäft? In een vun de Vitrinen hangt de olen Fotos vun Thomas Backens, de hett dat Geschäft maal gründt hatt, um 1900 mutt dat ween hebben. Un hett dat maakt, wat all Fotografens maakt, he hett de Lüüd, wenn se heiraden wullen, oder sunst en wichtig Datum för ehr anstunn, denn hett he ehr vör de Kulissen in sien Atelier opstellt, hett ehr anwiest, woans se de Fööt stellen, de Arms winkeln un den Kopp holen schüllt, hett afdrückt, fardig weer dat Bild. Aver op so'n Biller seht de Lüüd ut, as se in't Leven nie nich utseht, allens opsett, nix natüürlich. Dat hett ok de ool Backens markt. Dat Leven hett en anner Gesicht. Do hett he sien Fotokassen un dat Stativ nahmen, hett sik op sien Rad sett un is na de Minschen hinfahrt, in de Köge, achtern Diek, un hett ehr bi de Arbeid, in Feld un Huus, opnahmen, denn de wahren Gesichter dat sünd de schöönsten. Vun so'n Dokumenten gifft dat in Dithmarschen bloots düsse Biller vun Thomas Backens.

Dat is he nu, de Platz. An de Eck vun de School- un Centralstraat. Hier hett he as lütten Jung speelt, he, de later Perfesser worr, Dichter, Schauspeler un Ehrenbörger vun sien Heimatstadt, un nu op den Karkhoff graven liggt. Na em heet de Platz: Ivo-Braak-Platz.

Wenn en dor nu aver steiht un kickt sik den Platz an, denn is dor nich veel to sehn. Autos parkt, en paar Lüüd loopt vörbi. Mehr is dat nich.

Man ik kniep de Ogen en beten to, un miteens is allens randvull vun Leven. De Mauschen Kinner, de vun de Centralstraat, de hebbt den lütten Wille Bumbei, as Ivo in sien Roman ›Tieden‹ heet, jüst fix argert un gröölt nu achter em her:

Wille Bumbei
schitt de Büx twei,
sett en Flicken vör,
schitt se noch maal dör!

Un de Lütt argert sik so dull, do gifft he den annern Dag de Mauschen ehr Zeeg en ganze Buddel Rizinus to supen. Do weer wat loos! Anna, sä Naver Büsing den neegsten Dag to Wille sien Mudder, du mußt di dat so vörstellen, as wenn en Reeg vun Jagdgewehren losgeiht, en na'n annern, dat schoot un knall un sprütt un klatsch, dor hebbt se wenigstens acht Daag an to schüern, bit se den Swienkraam wedder vun de Wannen hebbt!

Ik sehg dat vör mi. Man wokeen de Geschichten nich kennt, de steiht dor, süht den Platz un kann sik dor wieder nix bi denken. So as in de Bahnhoffstraat. Wat schall en sik dor ok bi denken, wenn en de olen Villen lang löppt, Villen, as se in de Kaisertiet buut worrn, för Lüüd mit Klei ünner de Fööt. Un wat schall en sik bi den olen Bahnhoff denken, de liggt an't Enn vun de Straat un is lang keen Bahnhoff mehr. Aver vun hier gung dat maal na St. Michaelisdonn, un St. Michel, dat weer de Anfang vun de Welt, dor heel de Toch na Hamborg.

De Isenbahn aver vun Marn na St. Michel dat weer *uns* Isenbahn, wi kennen sogoor den Lokföhrer, Unkel Mordhorst, de wahn dree Hüüs wieder lang. Un wokeen kann al seggen, wenn he verreisen will: Onkel Mordhorst, fährst du uns morgen mal nach St. Michel? Mutti will mit uns in den Wald nach Christianslust. Da soll ein Fuchs sein.

Tscha, sä Unkel Mordhorst denn, dat mutt ik denn je wull, wenn jüm en Voss sehn wüllt. Denn kaamt man morgen fröh Klock teihn na'n Bahnhoff.

Süh, so fohr Unkel Mordhorst de Isenbahn för uns na St. Michel. Un wat för'n gewaltige Streck: Marne—Volsemenhusen—St. Michaelisdonn! Acht Kilometer! Na dree Kilometer, kort vör Volsemenhusen, muß Mudder al de eerst Knackwurst rutrücken, denn so'n wiede Reis, de kann en ahn Eten nich överstahn. Un wenn wi denn in Volsemenhusen anhelen, denn sung de Schaffner Fiete Hinz den Naam so luud un lang ut, as wenn he in de Oper weer: Volll-se-men-huuuusen! Ik höör dat hüüt noch.

Aver Unkel Mordhorst is doot, Fiete Hinz leevt ok nich mehr, un vun de ool Isenbahn sünd bloots noch de Gleisen överbleven. Wat sä de Beamte achter den Schalter in' Kieler Hauptbahnhoff vör bummelig twintig Johren, as ik en Fohrkort na Marn kopen wull? Marn, sä he, Marn gifft dat nich mehr, de Bahn is instellt. Bit na St. Michel könen Se mit uns kamen. Un denn? fröög ik. Woans kaam ik vun St. Michel na Marn? To Foot, anter he, woans schall en ok anners an't Enn vun de Welt kamen.

Dat Vertellen höört nich op. De Stadt is vull vun ole un niege Geschichten. Un ut dat Vertellen vun Geschichten warrt Geschichte. Aver wat mien Geschichten anlangt, will ik nu de letzt vertellen.

As ik junge Lehrer weer in Kiel, in de Volksschool, do kreeg ik as eerst Klass en fofftet Schooljohr. Nu harrn wi je ok Erdkunde, un in dat foffte Schooljohr is Düütschland an de Reeg. Un den eersten Dag, wo de niege Kort in de Klass hung, do sä ik: Na, wo liegt auf dieser Deutschlandkarte Kiel? Da seid ihr ja zu Haus. Und wenn man in die Welt hinausgeht, muß man immer wissen, wo ist man zu Haus.

Do starren se je all op de grote Landkort un funnen dat denn ok: Kiel. Aver een vun de lütten Klabauters fröög nu: Und Sie, Herr Bull, wo kommen Sie eigentlich her?

Ich komme aus Marne, sä ik.

Wo ist das denn?

Un do sä ik: Wer Marne auf der Landkarte findet, der hat schon mal ein Ausreichend in Erdkunde. Nu mal los, wo liegt Marne?

Jungedi, wat en Spaaß! Un se funnen dat natüürlich.

Haben wir nun ›ausreichend‹? frögen se. Toseggt is toseggt, sä ik, Marne ist ›ausreichend‹.

Vun den Spijöök kemen se gor nich wedder daal, jeedeenmaal wenn wi Erdkunde harrn, wullen se Marne wiesen.

Aver nu, dree Johr later, in dat sövente Schooljohr, do kregen wi Nordamerika. Un wat de Kort vun Nordamerika is, de wiest baven in de rechte Eck noch so'n lüürlütten Zippel vun Skandinavien un Sleswig-Holsteen. Un do an' eersten Dag, wo wi mit düsse Kort arbeiden wullen, do stunn een vun de Jungs op un sä:

Herr Bull, ich nehme an, wir verlassen jetzt Europa und gehen nach Amerika, und wenn man so weit weggeht, dann ist es immer gut, wenn man weiß, wo man zu Hause ist.

Dormit gung he na de Landkort, kreeg sik den Stock her un tipp op den Zippel vun Sleswig-Holsteen.

Hier liegt Marne! sä he, grien un fröög: Hab' ich nun wieder ›ausreichend‹?

Jawull, sä ik, dat langt. En mutt de Welt kennen, aver de Heimat nich vergeten.

Reimer Bull

Över'n Weg lopen

Geschichten ut de Lüttstadt

De langsamen Minuten

Geschichten vun hüüt un güstern

So sünd wi je wull

Dag-un Nachtgeschichten

Reimer Bull erzählt in seinen Büchern Begebenheiten und Erlebnisse, die sein Leben geformt und bereichert haben. In brillantem Erzählstil versteht er es, nachdenklich zu stimmen und gleichzeitig mit einem Augenzwinkern humorvoll zu schildern!

Erschienen im

Quickborn-Verlag

Siegfried Lenz

Geschichten ut Bollerup

Plattdüütsch vun Reimer Bull

Siegfried Lenz schildert auf eindrucksvolle Weise die Erlebnisfähigkeit der Bewohner Bollerups und ihre besondere Art, auf Erlebtes zu reagieren. Er gibt einen Einblick in das dörfliche Geschehen, welches in seiner Urwüchsigkeit nicht typischer sein könnte. Gerade aus diesem Grund finden die Geschichten in der plattdeutschen Übersetzung von Reimer Bull eine nahezu ideale Ergänzung!

Erschienen im
Quickborn-Verlag